Till
mina barn och barnbarn

Anna, Johan och Karin,
Mattias, Carolina, Arvid, Elin, Adam, Sofia, Gustaf, Vanja
och
Alma

Gertrud Rydh

Fragment

Förlag: BoD – Books on Demand, Stockholm, Sverige
Tryck: BoD – Books on Demand, Norderstedt, Tyskland

ISBN: 978-91-7785-646-7

Det här var roligare än Mårbacka, sa mitt 10 åriga barnbarn när vi en sommar besökte resterna av mitt första barndomshem. Plötsligt insåg jag att det inte blivit mycket tid att berätta om allt som hänt för länge sedan. Ingen från den förra generationen finns kvar att fråga och jag är väl den sista som minns.

Kanske är det ändå synd om allt bara försvinner, blev min tanke. Jag behöver inte ha stora ambitioner men kan lämna efter mig en beskrivning av den mångskiftande verklighet som format mig till den mormor och farmor jag är.

I norra Norrlands inland, fyra mil från Lycksele vid Vindelälven finns en by som heter Vormsele. Tre kilometer från den men på "fel" sida om älven är jag född i en stor Västerbottensgård uppförd av min farfarsfar i början av 1800-talet.

Jag var ett första efterlängtat barn till yngsta sonen i huset och hans hustru, Halvar och Gunhild. "Så du ska flytta till "a'Margreta" hade man sagt i byn när det blev känt att min mamma fallit för den stilige Halvar som sas vara bortskämd av sin stränga mamma.

Halva huset disponerades av min farmor och farfar medan resten renoverats för att rymma det unga paret. På andra sidan gårdstunet låg den lilla ladugården som rymde fyra, fem kor, något lamm några höns och kanske en gris. Ensamt måste det ha varit för min mamma som växt upp i byn med tre bröder och med ett hem som var skjutshåll för resande mellan kusten och fjällvärlden.

Här, vid Holmgårdarna som platsen kallades, fanns bara två ytterligare hus ett för min farbror Gustaf och hans Tea samt ett för pappas kusiner Bengt och Edith.

Min mamma saknade den dagliga kontakten med sin gladlynta och roliga mamma och Halvar kom bara hem till helgerna. Ett barn gjorde tillvaron meningsfull och spännande. Vi blev så småningom fyra, jag Gertrud, Monica. Eivor och Sigrid "Sissi."

Hur livet gestaltade sig i den här miljön började jag så småningom uppfatta och därifrån finns avlägsna minnen att berätta om. Att skriva berättande har jag egentligen aldrig gjort sedan gymnasiet, men då var jag väldigt road och uppmuntrades mycket av min fantastiska lärare i svenska, som själv var författare.

Långt innan mobiltelefoner, mail och SMS skrev jag otroligt mycket brev. De blev på sätt och vis en dagbok över tillvaron Tyvärr är de flesta försvunna men finns kvar som möjliga berättelser. Om jag börjar skriva kommer nog minnena tillbaka. Hur som helst kan det vara nyttigt för hjärnan!

Det var inte någon vanlig söndag. Gunhild vaknade med smärtor i ryggen och sammandragningar i bäckenet. Det gällde att så fort som möjligt ta sig till sjukhuset som låg fyra och en halv mil bort. Halvar ringde till byns enda taxichaufför som lovade möta på andra sidan älven. Med sparkstötting nedför den branta nipan och över det frusna kilometerbreda vattnet tog de sig upp till den väntande bilen. Under den timslånga bilresan var de båda männen mera nervösa än den blivande modern.

På sjukhuset blev Gunhild väl omhändertagen. Rakad, duschad och klädd i sjukhusskjorta fick hon ett förlossningsrum.

"Här tar det lång tid". Den robusta barnmorskan tittade missbelåtet på värkarbetet. I rummet intill låg en kvinna som skrek oavbrutet." Jag måste ta hand om fru Hansson" sa barnmorskan och försvann ut genom dörren.

Blyga och försagda lilla Gunhild var beredd att klara sig själv. Hon kämpade tålmodigt och tyst och till sist fick hon hjälp när krystvärkarna redan startat. Snart föddes jag, femtio centimeter lång och tre och ett halvt kilo tung. Den orolige Halvar som kedjerökande vankat fram och tillbaka i korridoren fick komma in och se sitt första barn. Sedan var det dags för honom att ge sig iväg för Gunhild skulle läggas på barnbördssal. Hon skulle få stanna minst en vecka och besökstiden var dagligen mellan tolv och ett.

Den veckan blev lång för de båda. Halvar kunde bara komma en gång på besök och Gunhild fick bara träffa sin baby fem gånger om dagen för amning annars låg alla barnen i ett särskilt rum. Alla nyblivna mammorna skulle ligga i sina sängar och fick först så småningom börja vara uppe.

Lite roligt var det förstås att bekanta sig med de tre andra kvinnorna i salen. Samtalsämnet gav sig självt. Alla hade upplevt något riktigt omvälvande Det var skönt att få vila ordentligt och maten smakade bra. Allra bäst var det att efter babyns kvällsmål få ett stort glas mjölk och flera veteskorpor. Det smakade himmelskt!

När veckan gått och den lilla familjen satt i taxin på hemväg kom de ändå överens om att nästa barn skulle slippa födas i sjukhusmiljö. Mina tre systrar föddes alla hemma med hjälp av "fröken Jonsson " som kom med sin stora svarta väska.

Monika och jag utanför vårt barndomshem med mössor av kanin. Vi var lyckligt ovetande om varifrån den mjuka pälsen kom.

den lilla sportstugan vid Vindelälven sitter på väggen porträttet. Det är ett stort färglagt fotografi av två människor i sextioårsåldern. De utstrålar styrka, lugn och harmoni. Mannens hår är tjockt, gråsprängt och bakåtkammat. Ögonen är brungröna, djupt liggande med tunga ögonlock. Munnen döljs av en kraftig mustasch och hakan delas på mitten av en tydlig lodrät linje. Mot halsen sluter sig en vit, noggrant knäppt skjortkrage.

Kvinnan ser liten och tunn ut. Hennes hår är alldeles vitt och ligger glest och stramt mot huvudet. Huden är blek, ögonen blå och munnen strängt sluten över en lite spetsig haka. På klänningen har hon satt en vacker liten brosch.

Dessa båda är min farfar och farmor. De dog på femtitalet men under min barndom var de i högsta grad närvarande i min vardag.

Farfar var den mansperson som alltid fanns hemma. Han var ständigt syssel satt med att skaffa ved, att skotta snö eller att fiska och laga sina nät. Min minsta lillasyster, Sissi, var hans ständiga följeslagare. Hon fick åka med på vedkärran, sitta på cykelns pakethållare, när han åkte till affären, eller titta på när han rensade fisk. Hans tålamod med henne var oändligt.

Min farmor var slagrörd efter en stroke och jag minns henne bara sittande i sin gungstol och oförmögen att gå. Hon hade sitt tal i behåll och tyckte om att sjunga och att läsa. Hon blev alltid glad när jag kom in till. henne och verkade aldrig vara trött på sitt ena handa liv. Med sin friska hand, rensade hon bär, vispade grädde eller kammade mitt hår. Ibland försökte hon med stöd av en stol göra små promenader runt i köket.

Dessa människor var mycket betydelsefulla för mig. I mina ögon var de alltid snälla och omtänksamma.

Farfar var i sin krafts dagar en mycket sträng och krävande person. Han hade liten förståelse för svaghet och ställde stora krav på sin omgivning. När farmor fick sin stroke var farfar helt inställd på att skötseln av henne kunde klaras av sonhustrurna. Min mera modernt inställda pappa tyckte att min mamma och hans svägerska hade nog med sina många sysslor och anställde raskt en hushållerska.

Farmor, född 1865, hade också precis som sin man varit stark, stolt och krävande. På sitt arbete i den fina matvaruaffären i Lycksele hade hon bland kunderna uppmärksammat den stilige bondsonen och lagt ut sina krokar. Hon var åtta år äldre än han, visste vad hon ville och hamnade så småningom på den avlägset liggande gården, där hon snart satte sig i respekt. Hon var en, också för den tiden, ovanlig kvinna." Hon var den sortens kvinna som stod upp och kissade", sa min faster.

Min mamma, som ansågs vara en sprödare natur, hade stor respekt för sin svärmor. När det dröjde två år efter bröllopet innan hon blev gravid fick hon höra att det nog hade varit bättre att "ta nån som va/ prövä"! Det var inte lätt att som ung kvinna flytta in hos den sturska Margareta.

I mitten av artonhundratalet kom min farfarsfar gående längs älven. Han letade efter mark och slog sig ner på en nipa där jordmånen verkade vara god. Där flöt också vattnet stilla mellan två forsar. Platsen låg tre kilometer från närmaste by och på "fel" sida av älven Han byggde ett hus, gifte sig och fick många barn. Min farfar var den yngste född artonhundrasjuttiofem.

Han blev kvar när systrarna gift sig och när bröderna flyttat ut. Han odlade upp mer och mer mark. Huset växte till en stor Västerbottensgård och skog mutades in. I den här miljön under sent 1800-tal och under två världskrig, med matransonering, militärtjänst och umbäranden av alla slag levde min farfar och farmor.

Kan man se spåren av det livet i de tunga anletsdragen?

Farmor skötte det stora hushållet och djuren i ladugården utan elektricitet eller rinnande vatten, långt från värme och bekvämlighet, När hon förlorade sin rörelseförmåga blev hon snäll och tolerant till oigenkännlighet, sade min mamma. Det är därifrån jag fått min bild av henne.

Porträttet väcker många tankar.

M in mormor beskrivs som gladlynt och initiativrik, full av entusiasm, men av henne har jag bara ett synminne. Hon kommer infarande i vårt kök och slänger sin rutflätade läderkasse på en stol och kramar mig som tvååring. Den sommaren dog hon!

Mitt minne av henne är bara vad jag hört från mamma och jag har förstått att det var en stor sorg för henne att bli ensam bland de något kargare "Holmarna." Hon hade nu ingen att tala förtroligt med.

Min morfar minns jag förstås han levde ända till 1958 men jag noterar nu i efterhand att besöken hos och av honom var mycket sällsynta.

Jag minns att min morfar som änkeman fick bo hos min morbror Rolf som övertagit föräldragården i byn. Rolf och hans hustru Inga hade bara ett barn, Sonja, som var lite yngre än jag. Hon brukade få följa med sin farfar och hälsa på hos oss. Jag tyckte att hon var ett bråkigt och besvärligt barn, men han tog väl hand om henne.

Morfar blev under sina sista år krasslig och framlevde sina dagar i ett rum på övre våningen i sitt gamla hem. Han rökte mycket och han omkom 1957 i en brandolycka.

Jag har intrycket att han var en ganska vek person utan större arbetsförmåga och drivkraft, men det är mera hörsägen än verklighet. Är det kanske min pappas version? Han var rena motsatsen till min morfar.

Jag vaknade och det var alldeles tyst och mörkt i huset. Mamma var inte där, men min lillasyster snusade i sin säng. "Om du känner dig ensam när du vaknar kan du gå ut i köket och titta genom fönstret. Då ser du hur det lyser i ladugården. Jag är där och mjölkar, men du kan krypa ner i sängen, för jag kommer snart in igen". Mamma hade talat om för mig hur det var och det lyste verkligen där borta i ladugårdslängan. Jag ville så gärna vara där men snön låg meterhög och det var alldeles mörkt. Att gå ut var en dum ide. Här var det jättekallt på golvet, men elden sprakade i spisen och jag kunde sitta uppkrupen i kökssoffan och vänta. Fönstret var väldigt kallt och ändå hade mamma lagt vadd mellan rutorna, gardinerna var blå och vita och blommorna hade bara blad, inga blommor.

Nu kom hon, dörren flög upp och en iskall vindpust svepte fram emot mig." Men oj är du uppe lilla vän då gör vi lite mjölkchoklad". Vi satt vid det runda bordet och det kändes tryggt och bra.

På det blåmålade skrivbordet i hörnet stod radion som jag nästan var rädd för. Mamma satte sällan på den och det var tur för ibland var det en hård röst som skrek en rad obegripliga ord och så var det en massa människor som jublade. Det är krig långt borta, sa de vuxna och när pappa kom hem hade han så konstiga stela kläder. Han var "inkallad" sa farfar och jag visste inte vad det betydde. Det var väldigt allvarligt kunde jag förstå.

På andra sidan av den mörka och kalla farstun var dörren in till farmor. Hon var skadad av en hjärnblödning och satt hela tiden i sin gungstol. Hon hade hjälp av en snäll tant som bodde i kökssoffan. Farfar försökte ibland gå runt med farmor på köksgolvet, men det såg besvärligt ut. Mina kusiner och jag hade kommit på att när vi inte visste vad vi skulle göra kunde vi gå in till henne och sjunga lite så fick vi öppna hennes skål med bröstkarameller.

I byn bodde min mormor och morfar och morbror Gösta med sin hustru Astrid. De hade inga barn men en dag när vi hade åkt med sparkstöttingen hela vägen hem till dem fick vi träffa Olavi. Det var en liten pojke från Finland som skulle bo där tillsvidare. Det var svårt att prata med honom men vi lärde oss att räkna yksi, kaksi, kolme, neljä, viisi och han blev lite gladare. Han hade kommit alldeles ensam för i hans land var det fattigt och osäkert. Det var där det var krig!! Stackars Olavi!

Tänk så tryggt det var för mig att leva med alla snälla vuxna som jag kände så väl och jag fick vara hemma!

Inne hos farmor och farfar finns telefonen. På väggen sitter en brun avlång trälåda med en vev på sidan och en klyka överst där telefonluren ligger. Om man vevar en ringning och lyfter luren säger tant Armida, "Vormsele växelstation". Till henne kan man säga vem man vill ringa till! Vi har telefonnummer två.

Telefonen används mycket sällan, men den här eftermiddagen hörs plötsligt en ringning. Jag ropar på mamma och hon svarar. Det verkar vara någon obekant som talar och mamma ser orolig ut. Hon lägger tillbaka luren och säger att pappa har råkat ut för en olycka! Jag börjar gråta men mamma tröstar mig och säger att det nog inte är någon fara och att vi snart ska träffa pappa. Vi måste bara äta lite och sätta på oss varmare kläder och stövlar

Pappa är inte hemma under veckorna utan arbetar långt hemifrån. På helgerna brukar han alltid komma hem. Hur ska det nu bli?

Mamma, min syster och jag skyndar oss ner till båten. Strandängen är besvärlig. Stora tuvor med vattenpölar emellan där ingen får trilla. Vi lyckas skjuta ut båten och mamma ror oss över älven. Framme vid vägen får vi vänta en stund innan det kommer en ovanlig slags bil. Mamma säger att det är en ambulans. Den är stor och vit och har ett rött kors på sidan. Chauffören stannar och öppnar bilen längst bak och där kan vi krypa in och träffa pappa. Han ligger på en bår men är pigg och glad. Han berättar hur han kört sin motorcykel med medhjälparen på pakethållaren, hur det bakom en kurva dykt upp en klunga kor, hur han flugit i en båge över styret med ryggsäck och arbetskamrat efter och hur allt landat på hans ben som är brutet. Vi är alla glada att det inte blivit värre men ingen vet hur länge det dröjer innan vi ses igen. Ambulansen ska ta honom till lasarettet i Umeå för operation. Dit är det fjorton mil och han har redan färdats tio. Det gör väldigt ont i hela kroppen men särskilt i benet. Den presentask med marmelad som han fått av snälla människor lämnar han till oss.

Efter flera veckor kommer pappa hem. Benet är gipsat och han hoppar fram på kryckor. Han kan inte arbeta utan är sjukskriven. För oss barn är det en helt ny erfarenhet att ha en pappa som ligger på rygg i gräset och läser eller spelar spel med oss. Det blir en annorlunda sommar. Mamma kan gå ut i skogen och plocka både hjortron, hallon och blåbär. Det är det bästa hon vet. Nu behöver hon inte oroa sig över vad vi hittar på när hon är borta.

När sommaren börjar ta slut blir gipset borttaget och pappa förklarar nöjt att hans läkare sagt att han ordnat ett mycket bra knä som ska hålla livet ut. Det blev nästan sant! Först efter femtio år krävdes en ny operation.

Men "mön" då. Min pappa lät irriterad när han ville få mig att backa båten. Det var tidig morgon och jag var utkommenderad att följa med för att ta upp näten. Jag var sex, sju år och pappa hade lärt mig ro, men nu var det inte lek utan jag skulle verkligen göra en insats. Det var tungt och svårt trots att båten var en lätt och smäcker snipa Vi fick många fiskar i nätet och pappa berömde mig när vi åkte hem. Jag hade lärt mig en ny färdighet. Under hela min uppväxt fick jag sedan ro. först med min farfar så länge han levde, och sedan med min pappa. Jag blev en duktig roddare och jag kunde "mön".

När jag skulle börja skolan var det nödvändigt att jag kunde cykla. Min mamma hjälpte mig att träna. Den nya cykeln var lite för stor och tung tyckte jag. Där vi bodde fanns ingen riktig väg utan bara lite breda stigar och alltihopa kändes helt om omöjligt. Mamma gav inte upp. Hon tog ett rejält tag om pakethållaren och sa åt mig att titta rakt fram och trampa så mycket jag kunde. Så hon sprang! Plötsligt hade hon släppt taget och jag cyklade helt av mig själv. Vilken lycka.

Samma känsla upplevde jag när jag många år senare hjälpte mitt barnbarn att cykla på landet. Till och med miljön var nästan densamma.

Att ro och cykla är exempel på saker som mina föräldrar högst påtagligt lärde mig Nästan allt annat kunde jag tillgodogöra mig genom att se dem som förebilder. Jag såg pappa köra bil, skotta snö och hugga ved, jag såg mamma baka, tvätta och mangla allt sådant som jag förstod att man behövde behärska som vuxen.

Jag upplevde också att de ibland kunde bryta upp från vardagen och resa bort ett par dagar för att sedan komma hem med en ny glans i ögonen. Jag fick veta att det gäller att lita till sin egen förmåga, att nästan allt är möjligt om man anstränger sig. De båda, som växt upp i en inskränkt och enslig miljö, som startade livet med sexårig folkskola och som med optimism såg fram mot morgondagen, kom snart på efterkälken från sina välutbildade döttrar, men de lärde mig att ta vara på livet.

"REMISSA"

Jag står bakom dörren i den mörka farstun. Jag törs nästan inte andas. Ingen vet att jag tjuvlyssnar. Pappa har talat i telefon och nu berättar han för min farfar" I dag var hon verkligen dålig. Hon bara grät. Hon kanske aldrig kommer hem igen" Vem ska jag gråta hos? Han talar om min mamma som befinner sig på det stora lasarettet tjugo mil bort.

Det hade nu gått två dagar sedan pappa kom hem och jag såg hur orolig han blev när han förstod hur sjuk mamma var. Hon bara låg i sängen, kunde inte äta utan att kräkas och orkade ingenting Så hade det varit ett tag. Vi hade ett hembiträde, jag gick i första klass i skolan och jag hade vant mig vid utvecklingen.

Med pappa hemma blev det full fart. Han ringde till närmaste läkare, som hade hand om mamma, och krävde något som han kallade "remissa" och så åkte de båda iväg. Innan de for pratade mamma med mig och sa att nu måste jag vara duktig och hjälpa till att ta hand om mina systrar tills hon kom hem igen. Hon lämnade lite pengar som vi kunde använda om vi skulle på barnkalas eller om det var något annat särskilt vi behövde.

Pappa åkte iväg till sitt arbete och dagarna flöt fram som vanligt Nästan varje dag fick vi uppmuntrande brev från mamma och när min lillasyster fyllde tre år kom det till och med ett litet paket. Då ville hon ha hjälp att skriva ett eget brev och vår stora kusin fick hålla i pennan.

Hon skrev "hur mår du? Jag mår bra. Farbror Bengt har köpt sig en ny häst. Vi har messmör".

En dag kom Åhlén och Holms katalog med posten. Det var jättespännande. Där fick man se alla möjliga saker som gick att beställa. Längst bak fanns leksaker och böcker.

Vi fastnade för ett vackert pussel med Törnrosa. Tänk om vi kunde köpa det. Vår hemhjälp Barbro sa att det gick ju bra att använda pengarna som vi fått av mamma Det var ett så svårt beslut att jag tog med min femåriga syster in i kammaren för överläggningar. Vi kom fram till att det var dumt att göra slut på hela vårt kapital så vi sa nej. När paketet med alla inköpen kom visade det sig att Barbro hade köpt pusslet till oss som present. Så snäll hon var.

Efter flera veckor kom mamma verkligen hem igen. Det var fantastiskt. Hon var så förändrad med glittrande ögon runda kinder och ett pärlande skratt. Hon berättade fängslande om hur underbart det varit på sjukhuset. Alla läkare och sköterskor var så snälla och medkännande, man fick god mat serverad till sängen, fick sova när man var trött och hade trevliga medpatienter. Allra bäst var förstås att medicinen gjort henne frisk igen.

Nu var det snart påsk och redan nästa dag kunde vi gå ut och plocka fina björkriskvistar att ta in och dekorera med färggranna fjädrar. Vi plockade fram prydnadskycklingarna och färger att måla påskäggen med Marssolen gassade det droppade lite från taket och jag hade påsklov. Allt var roligt igen.

Hur var det egentligen med mammas sjukdom? Mamma betraktades vara så nervös och orolig till sin natur att det var det som var själva felet med henne. "Annars hade hon väl fått en diagnos och medicin av sin doktor", sas det i omgivningen. På fyra år hade mamma fött tre barn. Hon hade förlorat sin egen mamma, som hastigt dött i en hjärnblödning, hennes man arbetade borta hela veckorna och från den avlägset liggande gården skulle hon varje dag få mig iväg till skolan. Visserligen hade hon en tonårsflicka som hemhjälp. men tillvaron måste varit mycket pressande. Hon fick hjärtklappning, kunde inte sova, hade besvär med magen och händerna darrade mer och mer för varje dag. Så småningom, kunde hon inte alls gå upp. Hon hade besökt närmaste läkare fyra mil bort, men han kunde inte hjälpa henne.

Så fantastiskt skönt det måste ha varit att få komma till läkare som förstod. Det visade sig att ämnesomsättningen i mammas kropp gick på högvarv Sköldkörteln producerade för mycket hormon. Det förklarade alla symtomen.

Vilken mardröm att bli så ifrågasatt och vara så sjuk. Vilken lycka att möta kunniga människor som erbjöd all tänkbar omvårdnad och förståelse. Att varje dag få vällagad mat, få sova i renbäddad säng och mötas av vänlighet. Vilken kontrast mot det strävsamma livet där hemma. Naturligtvis måste hon ha oroat sig över hur allt fungerade utan henne, men i takt med att krafterna återvände kunde hon börja glädja sig åt att snart få åka hem. Att möta våren med de glada barnen och känna sig full av energi var underbart.

Det stora röda tvåvåningshuset med höga fönster på gaveln låg mitt i byn. Det var skolan. Nu skulle jag börja där och bara vägen dit var ett äventyr.

Den äldsta av mina kusiner var tio år och hon kunde ro båten som tog oss över den breda strida älven. På dess andra sida gick grusvägen och efter tre kilometers cykeltur nådde vi skolan. Vi var bara fem nybörjare, som tillsammans med de ett år äldre barnen utgjorde "småskolan". Vår lärare var Tora, som hade undervisat också min mamma och pappa för trettio år sedan. Hon var både sträng och snäll och väldigt gammal, tyckte jag. Varje morgon hade vi "morgonbön" när "fröken" spelade en psalm på orgeln och vi barn sjöng.

Lektionerna var flexibla Om ena klassen hade "räkning" fick den andra arbeta med bokstäver och läsning. Jag kunde redan läsa så för mig var det roligare att följa med de äldre barnen. Det fungerade utmärkt.

Utanför skolan fanns en brännbollsplan och ett utedass. På lunchrasten försvann alla de andra barnen hem för att äta. Jag hade ingen sådan möjlighet utan fick ta med matsäck varje dag. Den bestod av smörgåsar och mjölkchoklad. Det var tråkigt att sitta ensam och äta i korridoren. En period fick jag sällskap av min klasskamrat. Jonny, som kommit hem med gipsat ben från "Vanföreanstalten" i Härnösand. Han kunde inte heller gå hem för att äta. Han var tillsagd att vara försiktig men jag minns hur vi en dag lekte och busade så att han ramlade nedför trappan. Vi blev båda rädda och kom överens om att det var vår hemlighet.

Nästa termin var vår lärarinna sjuk så vi fick en vikarie. Hon kom långt bortifrån och hade med sig sin lilla baby. Bredvid vårt klassrum fanns en enrumslägenhet där hon bodde. Babyn sov väl mest hela dagarna, men som vuxen har jag funderat mycket över den unga kvinnans situation.

Jag mins att hon en dag bad mig sitta inne hos barnet, när hon skulle gå hem till en familj i byn och äta lunch. Det var otroligt spännande att få komma in i hennes rum och att få ansvaret för babyn. Hon visste förstås att jag var van vid småsyskon. När hon kom tillbaka fick jag som tack ett underbart stort och vackert äpple. Jag blev lycklig!

Jag tyckte mycket om att gå i skolan. Antalet barn i byn växte så "storskolan" delades upp i två grupper; treor och fyror i en lektionssal och femmor och sexor i en annan. Vi fick en manlig lärare och det kändes nytt och märkvärdigt.

När jag var tio år fick vi göra en skolresa. Vi var tio barn och två lärare som först åkte buss de fyra milen till Lycksele och sedan rälsbuss till Hällnäs. Där inne på stationen stod "Nordpilen" det märkvärdiga tåget som vi hört talas om och som gick ända till Stockholm. Åttio mils resa var både lite långtråkigt och otroligt spännande. Det var natt så vi sov säkert en del.

På morgonen kom vi fram till Uppsala. Dagsprogrammet var noga planerat. Vi besåg Domkyrkan, Näckrosdammen och Carolina Rediviva, men vi hann också med ett bad i Mälaren. Nästa dag besökte vi Sigtuna och där blev det mycket historia och ruiner. Resans slutmål, Stockholm, var förstås det stora äventyret. Här fick vi först se slottet och sedan tillbringa resten av dagen på Skansen. Vi övernattade i Vasaskolan där skolsalarna inretts med rangliga tvåvåningssängar. Fint, tyckte vi!

Tänk vad vi fick vara med om. Jag känner stor tacksamhet och beundran för de människor som gjorde det möjligt för oss barn långt uppe i obygden att få uppleva allt detta. Sent i livet kom vi att bo i Vasastan och varje gång jag passerade Vasaskolan vällde minnena över mig.

Min första gamla skola lades ned på femtiotalet då barnantalet blev för litet. Duktiga byinvånare bildade en hembygdsförening., som renoverade huset. Det används nu som samlingslokal och som plats för en årlig hemslöjdsmässa. Sedan femtio år tillbaka är den en stor turistattraktion i bygden. Vi åker dit varje år.

VÄNSKAP

När jag började i småskolan mötte jag Margit för första gången. Hon växte upp på en gård som låg en mil från byn. De sista fyra kilometerna dit var en smal skogsstig så hon kunde inte ta sig hem varje dag utan bodde i en familj i byn. Jag minns att vi lekte mycket på rasterna och satt bredvid varandra i klassrummet, men jag tror inte att jag någon gång fick komma hem till hennes värdfamilj.

En gång fick jag följa med henne hem till föräldrarna. Det var spännande. Först åkte vi skolbil sex kilometer och sedan gick vi genom skogen. Halvvägs fanns en träbänk som man skulle vila på. Vi hade matsäck med oss, När vi gått jättelänge glesnade skogen och där låg en vacker gårdssamling omgiven av åkrar och ängar. Jag minns att där fanns många djur, att vi fick mycket god mat och att hennes mamma var väldigt snäll. På kvällen spelade vi spel, bytte bokmärken och filmstjärnebilder. Hon var min bästa kompis!

Margit och jag var de enda från byn som började i Realskolan i Lycksele hösten 1951. Vi delade rum hos inackorderingstanten. Hon bodde i en villa femton minuters promenad från skolan. Vi hade pratat mycket om hur det skulle bli. Vem av oss som skulle ha sängen i burspråket, vem som skulle sköta väckarklockan, och vem som fick vilken hylla i garderoben. Vi hade hört att det var två parallellklasser nybörjare i skolan och vi hade framfört vår starka önskan att få gå i samma klass Vid uppropet visade det sig att jag hamnat i klass 1a och Margit i klass 1b. Vi blev jättebesvikna och talade med våra klassföreståndare, men det var omöjligt att få byta. Nu som vuxen kan jag förstå motivet. Man ville förstås underlätta vår anpassning till alla de andra eleverna.

Nu installerade vi oss i vårt hyresrum i Lycksele. Vår värdinna talade om vilka regler som gällde. Vi skulle själva hålla rent och snyggt i vårt rum. Det fick inte vara något spring av kompisar hos oss och vi fick inte vara uppe sent på kvällarna- Vi skulle få frukost, lunch och middag hemma. Man fick ingen lunch i skolan. Margit och jag gjorde sällskap till skolan och sågs på rasterna, men ganska snart hittade vi nya vänner bland våra klasskamrater.

Jag fick upp ögonen för Kajsa, en pigg, glad och uppfinningsrik Lyckseleflicka. Hon behövde hjälp av mig med matten och jag fick följa med henne på äventyr. Hon kunde visa mig runt i staden, ta med mig hem för att spela piano och gå med mig på bio. Ett lov fick jag följa med henne på skidresa till Marsliden. Kyrkan arrangerade ett läger med deltagare från hela landet. Bäst minns jag några skåningar, som var skrattretande dåliga skidåkare. Vi gjorde turer i fjällterrängen och de vådliga branterna orsakade stor munterhet.

Mer och mer växte Margit ifrån mig. Jag var liten och barnslig medan hon blev alltmera tonårsaktig. Alla fyra åren i realskolan varade vår vänskap, men efter realexamen försvann hon bort till annan utbildning, medan jag fortsatte i gymnasiet. Vi förlorade helt kontakten.

Kajsa studerade vid Småskoleseminariet i Lycksele, men våra liv tog helt olika riktning, så även den vänskapen tynade bort. Några träffar har vi som vuxna haft i Stockholm, men den riktiga vänskapen gick förlorad.

Mina kusiner och deras mamma, min faster Tea, stod på den tuviga älvstranden. De såg ledsna ut. Jag hade klivit upp på färjan och satt bredvid mina systrar med ryggen mot en tung låda. Färjan var en stor, plan, fyrkant av trä med uppstående kanter Den var gjord av tjocka breda plankor och hade årtullar på två sidor. Min pappa och min farbror stod upp med varsin lång och bred åra. Min mamma var rödgråten. Nu stakade de ut. Vi vinkade mot land när vi gled ut i den breda älven. Det var augustivarmt och alldeles lugnt.

Vi skulle flytta till det nybyggda huset inne i byn. Hela våren och sommaren hade min pappa arbetat med att förverkliga sin dröm om ett eget nytt och modernt hem Nu var det klart. Vilken förändring!

Alldeles vid landsvägen låg den gula villan med tillhörande garage. Jag tänkte på farmor och farfar som nu bodde ensamma kvar i sin halva av Västerbottensgården. Där fanns visserligen elektricitet, vatten och avlopp men ingen väg förutom den via älven. Kunde de klara sig själva? Pappa förklarade att på övre planet i det nya huset kunde man inreda en lägenhet till dem om det blev nödvändigt.

I villan fanns ett riktigt kök med elspis och kylskåp. Där fanns matsal, vardagsrum med öppen spis. kontor för pappa, föräldrasovrum och barnkammare. I källaren stod tvättmaskinen. Naturligtvis var det fantastiskt men främmande och konstigt.

Jag hade redan gått två år i skolan. Till hösten var det dags för min syster att börja. Jag hade aldrig funderat över att vi bodde avsides. För att komma till skolan måste vi ro över älven och sedan gå eller cykla de tre kilometerna till byn. Som tur var hade jag äldre kusiner så jag kom lindrigt undan. Min äldsta kusin har berättat hur hennes pappa instruerade henne inför rodden "du får absolut aldrig resa dig i båten för då kan det gå illa" Några flytvästar fanns förstås inte och att någon vuxen skulle följa med var det inte tal om.

På vintern kunde ibland vägen över isen kännas oändlig men oftast var den plogad med hjälp av farbror Gustavs häst och då kunde vi ta sparkstöttingarna. Höst och vår när isen varken bar eller brast fick jag bo hos min moster Astrid i byn. Allt var naturligt och självklart men jag kan förstå att mammas oro var konstant. Nu när vi var två som skulle iväg var det skönt att vi kunde springa till skolan på fem minuter.

Skolan var en röd tvåvåningsbyggnad med en stor bollplan framför Den var en så kallad B2skola vilket innebar att barnen var uppdelade i en "småskola "och en "storskola" med varsina salar och varsina lärare.

Vi var inte mera än tio till tjugo barn i varje sal men med olika ålder och kunskapsnivå. Undervisningen byggde på att en grupp läste eller räknade tyst medan den andra gruppen kanske hade läxförhör i historia eller biologi Inga problem! Jag tyckte mycket om att gå i skola.

Jag återsåg aldrig mitt barndomshem. Som jag minns det åkte vi aldrig tillbaka inte ens för att leka med våra kusiner. Det var som om min pappa så starkt kände att han ville bryta med det gamla att till och med umgänget skulle förnyas. Så småningom flyttade farmor och farfar till den inredda övervåningen och då lät min pappa riva det gamla huset så att det inte skulle stå och förfalla. Mycket brutalt kan jag tycka i dag, men för honom gällde det att blicka framåt och lämna allt det gamla bakom sig. Detta synsätt präglade hela hans liv.

Sommaren 1946. Vi fick åka till fotografen, Eivor, Monika och jag i våra fina sommarklänningar.

Vänt du "främmen" sa farmor till min mamma, när hon kom in i det kakdoftande köket. Precis som om där pågick något otillåtet Var det slösaktigt att baka lite utan direkt anledning?

Mamma har berättat hur hon kände sig bevakad av sin svärmor, som bodde på andra sidan farstun. Nu var det kväll, barnen sov och mamma tyckte det var roligt att göra något eget.

Vem var min mamma? Lät hon sig hunsas av en tuff omgivning? Hon växte upp med tre bröder och var mycket omhuldad i sin familj. Hon hade en tät och hjärtlig relation till sin mamma. När min mamma träffade storebrors kompis Halvar och de blev ett par hamnade hon i en miljö med starka, kraftfulla kvinnor, som gjorde henne skrämd och avvaktande. Själv var hon liten, späd och söt med av sin svärmor ifrågasatt kompetens. Att det dröjde två år efter bröllopet innan första graviditeten gav upphov till syrliga kommentarer. Samtidigt var det en fördel att ha en kärleksfull och ömsint make som starkt och tryggt stöd. En man med status hos familj och omgivning.

När jag började skolan var vi tre systrar och livet var stressigt för min mamma. Bara att skicka mig den långa vägen till byn gjorde henne orolig. Vintern var kall och snörik och framme i februari blev mamma sjuk, hon hade hjärtklappning, skakiga händer och svårt att sova. Hon hade ingen aptit, kräktes och blev allt magrare. Alla sa att hon bara var nervös. En tonårsflicka skötte hushållet och pappa var borta på sitt arbete. När han kom hem och fann sin hustru sängliggande och huset i oordning. blev det full aktivitet. Han tog mamma till närmaste läkare ett par mil bort, fick en remiss till lasarettet i Umeå och de åkte direkt iväg. Här blev mamma inlagd och behandlad för sin hyperaktiva sköldkörtel, som fick hennes ämnesomsättning att rusa. När hon efter några veckor kom hem återställd hade hon mycket att berätta. Hon tyckte sig ha upplevt ett himmelrike med underbara läkare och sköterskor, god mat, vänlig omvårdnad och frihet från allt ansvar. Kontrasten mot det krävande vardagslivet hade varit otrolig. Hon var en skör person som levt i en tung verklighet Det var länge min bild av henne.

Med distans till miljö och uppväxt har jag förstått att mamma hade många talanger. Hon hade som ung broderat de mest fantastiska arbeten. Hon kunde väva den vackraste drällduk och sticka de finaste alster. Hon skaffade lärobok i engelska för att vara beredd när hennes farbror kom på besök från Amerika. Hon odlade växter ute och inne, hon plockade bär, syltade och saftade.

Hon var en underbar tonårsmamma med förståelse, tolerans och tillit till sina döttrar. För henne blev det svårt när vi en efter en flyttade långt hemifrån, men den värsta prövningen var förstås förlusten av det lilla sladdbarnet, Sissi, som dog vid nio års ålder. Efter det blev mamma sig aldrig lik, men när Jan och jag fem år senare fick vår äldsta dotter Anna blev hon överlycklig och kunde genom barnbarnet få ett nytt fokus. Så småningom blev Anna mormors brevvän som överbryggade det långa avståndet med små brev och teckningar.

Under mammas tio sista levnadsår försvann hon allt längre in i dimman. Hon levde som en krukväxt, fick vård, omsorg, vatten och näring, men kunde inte kommunicera.

Mamma och pappa.

Hon står rak och stolt på den stora stenen. Hon tittar in i kameran. Stenen är så stor att hon måste ha haft hjälp att komma upp! Det sas att en jätte skulle ha kastat den mot missionskapellet. Den nådde inte fram utan landade mitt på den plana åkern, som sluttar ned mot älven.

På andra sidan vattnet finns det mörka skogsbrynet Till höger i bilden ser man baksidan av den stora Västerbottensgården där hon bor. Flickan kan väl vara åtta-nio år. Den långärmade klänningen slutar vid knäna. Den har en besparing ovanför midjan och öppnas med benknappar. Den är sydd i ett randigt stadigt tyg, förmodligen grov bomull. Strumporna korvar sig lite över sleifskorna, som ser nötta ut i tårna. Det mörka håret är kammat med mittbena och hoptaget i långa tjocka flätor nedöver ryggen. Det är min mamma!

Vem kan ha tagit bilden? Vem hade köpt en kamera? Detta var ca 1920.

Kan det ha varit min morfar? Kanske var det ändå någon av morbröderna. De två äldsta var tonåringar och hade säkert tjänat sina första pengar. Det sepiafärgade fotografiet, väcker många tankar och minnen!

God dag farbror Bengt, sa min syster Monika när vi kom in till kafferepet. Mamma hyssjade generad och någon inne i rummet skrattade nervöst. Monika var närsynt och hade ännu inte fått sina glasögon. Nu tog hon miste på Lage, en ung pojke i byn, och pappas kusin Bengt.

Likheten var slående, men skillnaden i ålder var tjugo år. Lages föräldrar var båda där. Hans mamma rodnade lätt. Jag förstod ingenting. Samtalet tog fart och alla försökte glömma pinsamheten.

Farbror Bengt bodde i det tredje huset på Holmgårdarna. Där bodde också tant Edit och Barbro, en flicka några år äldre än jag. För mig var det självklart att de utgjorde en "vanlig" familj, pappa, mamma och barn.

Ibland fick jag vara hos tant Edit om mamma behövde barnvakt. Det var spännande och märkvärdigt. En gång när mamma hämtade mig och frågade vad jag fått för mat svarade jag: "Vi åt stugade morötter och äggstammen". Det var inget jag hade ätit förut!

När Bengt skulle gifta sig fick jag klart för mig att Edit och Bengt var syskon och att Barbro var tant Edits dotter med okänd far. Så konstigt! Flera gånger hände det att tant Edit reste bort några månader. När hon kom tillbaka såg hon mager ut!

I skolan i Lycksele uppmärksammade jag en flicka som liknade Barbro. Hon var dotter till skoaffärens ägare och var en kändis i staden. Jag berättade för min mamma om henne. Mamma förklarade att tant Edit hade fött flera barn. Ingen av barnens pappor ville gifta sig med henne så hon hade hittat människor som ville adoptera barnen. Ett av dem var flickan i Lycksele Hennes föräldrar hade inte kunnat få några barn, så för dem var tant Edits bekymmer en fantastisk gåva.

Att som barn så småningom förstå sin omgivning och allt som händer är en långsam process. För mig växte verkligheten fram i små steg. Vuxnas antydningar, egna iakttagelser och slutsatser formade och omformade min bild av verkligheten Mycket var hemligt och förbjudet att tala om. Det var fult att vara nyfiken.

Som vuxen fick jag veta att farbror Bengt fått två barn med sin hustru och tant Edit hade flyttat söderut och gift sig med en okänd man.

Sommaren 1949 hade varit fantastisk. Den började med att jag inte kunde gå till skolan på avslutningen för jag hade mässling och var ordentligt sjuk. Jag låg med neddragna gardiner, ögonen rann, febern dunkade och utslagen kliade.

Mamma hade en dag talat lite generat och förtroendefullt med mig. Hon undrade vad jag skulle säga om vi fick ett syskon till. Skulle jag tycka att det var pinsamt eftersom det var så länge sedan sist. Jag tyckte inte att det var ett dugg konstigt, men jättespännande.

Vi hade nu bott två år i vårt nya, moderna hus med elektrisk spis, kylskåp och badrum med varmt och kallt vatten. Vi tre flickor hade gemensamt rum med en "tripp trall trull- säng" och egen garderob. I vardagsrummet hade vi öppen spis, ett nytt fint piano och en radiogrammofon, i källaren fanns tvättmaskinen och torkrummet. Vilken otrolig förändring mot boendet i den vackra men trånga och omoderna Västerbottensgården som vi delat med farmor och farfar.

När nyheten kom att mammas farbror Hugo, med amerikansk hustru och nioårig son skulle komma hem från Kalifornien på besök var det naturligt att de fick bo hos oss.

Vår barnkammare möblerades om och vi fick sova lite provisoriskt i pappas kontorsrum och i sovrummet. Det var otroligt spännande! Fru Ekback, var för oss en exotisk uppenbarelse med sitt sminkade ansikte, sina guldbågade glittrande glasögon, det uppsatta håret, parfymerna och pälsen, som ofta kom till användning fastän vi tyckte att det var varm och härlig sommar. Varken hon eller Lill-Hugo". kunde någon svenska och pappa Hugo talade en gammalsvenska med stark brytning. Det var verkligen en annorlunda sommar.

Vi åkte också på semester. Pappa körde bilen till Sundsvall där vi övernattade hos några släktingar, troligen en av pappas kusiner och där lämnades bilen och vi tog tåget till Stockholm. Vi bodde på hotell och jag minns att vi en kväll fick klara oss själva på rummet med lite godis och sömn i stora dubbelsängen medan våra föräldrar gick ut för att äta middag. Mamma var så glad nästa dag och berättade om den fantastiska Katarinahissen och hur roligt det varit. att se ut över hela stan.

När vi kom hem igen väntade våra gäster med amerikansk middag.

Det finns några fotografier från de här veckorna och mamma ser alltid så glad ut. På ett foto står hon med pappa och farbror Hugo och håller en jättestor lax som pappa fått i älven. Vi fick äta den till middag och plötsligt blev det ett väldigt liv vid bordet då Lill-Hugo fått ett fiskben i halsen. Tant Beth lyckades ta bort det med en av sina många pincetter men farbror Hugo översatte Lill-Hugos slutsats Han sa att han hade förstått att den här resan var alldeles för fantastisk för att inte något katastrofalt skulle inträffa. "Blev man så pjoskig i Amerika"?

Vi lekte mycket utomhus den här sommaren. Barnen i grannskapet kom gärna över till oss där det plötsligt fanns ett så annorlunda besök. Vi lekte ofta tjuv och polis och det var inga problem med kommunikationen. Vi visade grannens hushållsgris som fanns i ett bås i uthuset och som vi brukade ge maskrosblad och klia bakom öronen. Plötsligt utan att vi hann fatta vad som hänt var grisen utsläppt Den försvann bortåt skogen. Vi måste få hjälp av de vuxna och stämningen var plågsam innan allt var avklarat och grisen tillbaka på plats.

Nu tutar han igen! Mamma plockar snabbt ned alla tandborstarna i necessären, spolar en extra gång i toaletten, river åt sig kassen med lunchmaten, tittar en gång till efter att spisen är stängd och sedan äntligen kan hon låsa dörren och gå ut till bilen. Där sitter vi alla tre flickor i baksätet och vid ratten drar pappa ett djupt bloss på cigaretten.

Vi ska åka på semester! Den smala grusvägen går österut mot kusten Det är fjorton mil till havet och där framme ska vi göra rast. Efter en timme stannar vi vid en lanthandel för att tanka bilen När vi åker iväg igen dunsar det till under bilen Från bussen som passerat måste man ha lastat av varor och ställt dem vid vägkanten. Vår bil har mosat sönder en låda med kanelbullar! Efter att pappa varit inne i butiken har vi gott om färdkost!

Nu kan vi se havet Det är dags att ta en paus och vi kan sitta i gräset och dricka vår choklad, blicka ut över vattnet, plocka blommor och bli av med lite spring i benen Efter många långa mil längs kusten kommer vi fram till Sundsvall där vi får övernatta hos pappas faster och där bilen blir parkerad. Nästa dag ska vi ta tåget till Stockholm Tåget är spännande, det dunkar och skakar, men man kan gå omkring i korridoren och det går bra att läsa om man tröttnar på att titta ut. Efter några timmar ska vi äta i restaurangvagnen. Där är väldigt fint med vita dukar och servetter och man får beställa mat från en lista. Vi förstår inte vad vi ska äta och när maten kommer tycker vi att den är ovan och konstig. Pappa blir inte glad när vi inte kan äta upp våra portioner och han muttrar irriterat när han betalar.

I Stockholm bor vi på hotell nära stationen. Vi besöker Skansen förstås och en kväll får vi barn vara ensamma på hotellrummet och ligga i den stora dubbelsängen med serietidningar och godis medan pappa och mamma går ut på restaurang. Nästa dag berättar mamma entusiastiskt om hur fantastiskt det varit att få åka upp i Katarinahissen och sitta på Gondolen och äta med den otroliga utsikten över stan. Hela resan är ett stort äventyr. Den långa hemvägen tänker vi inte på. Det blir samma skakiga tågresa men denna gång utan besök i restaurangvagnen, samma övernattning i Sundsvall och sedan den sega enahanda bilresan i oset från pappas cigaretter.

Hemma i vårt hus bor under tiden våra spännande gäster från Kalifornien. Min mammas farbror Hugo emigrerade på tjugotalet. Numera är han etablerad i bilbranschen. Han ät gift med en amerikanska och har en son i min ålder. Efter rådslag i byn har det beslutats att den lilla familjen ska bo hos oss. Vår barnkammare blir deras rum mellan alla släktbesöken. Tant Beth är för oss en besynnerlig uppenbarelse med sitt sminkade ansikte, sina juvelbesatta glasögon och det magnifikt uppsatta håret. Hon uppträder oftast i sin stora päls för hon tycker att det är så kallt medan det för oss är full sommar Vi kan inte låta bli att smyga in och titta på alla hennes saker när det finns chans. Hon har stora fyrkantiga väskor med fantastiska smycken och underliga burkar, penslar och tuber. Det är som om hon kom från en annan planet. Varken hon eller sonen "lill-Hugo" kan någon svenska och farbror Hugo talar en gammalsvenska med kraftig amerikansk accent. Naturligtvis är det en betungande plikt för min mamma att under långa sommarveckor ha ansvar för att gästerna får en så bra och trevlig semester som möjligt. Nu har hon själv fått vara med om några bekymmersfria dagar med alldeles nya och annorlunda upplevelser. När vi kommer hem väntar en typisk amerikansk måltid med goda pajer och fruktiga desserter.

Farbror Hugo säger till min mamma: "du förstår "lill Gunhild" du lagar för mycket olika mat, om vi lagar paj då äter vi paj hela veckan Vi krånglar inte".

Besvikelsen var outhärdlig. All glädje, all förväntan som de byggt upp under hösten! Hon hade ju sagt att det kändes helt annorlunda den här gången, han hade trott på det.

Bilen rusade fram mellan snödrivorna, cigarretten glödde, ögonen sved, hjärtat bultade. Först efter en dryg timme märkte han vart han var på väg. Han hade utan att tänka låtit bilen ta den vanliga vägen upp mot Gargnäs där han hade sin bostad under veckorna.

Ingrid stod med den första pepparkaksplåten på väg mot spisen när hon i en blick mot fönstret såg bilen svänga upp framför huset. Vad i allsindar! Han var grå i ansiktet och dragen var hopsjunkna till oigenkännlighet.-

-Vad är det som hänt"?

-"Det blev ingen pojke".

-"Men Gunhild då"?

-"Jo, hon ligg där med jäntungen"

Vilken lättnad för Ingrid som blivit så rädd och trott det värsta?

-"Har du fått en fin liten flicka och din hustru lever och allt är bra—du borde skämmas, "Nu är det du som åker hem omedelbart och tar hand om din familj. Om tre dagar är det julafton, du har tre förväntansfulla flickor, en utmattad nybliven mamma som behöver allt stöd för sig och sin alltför lilla baby".

När han fått sitt kaffe, berättat om den utdragna förlossningen, om barnet som låg fel och föddes med stjärten före, om hur barnmorskan hade fått kämpa och hur stora sprickskador det blivit och hur många stygn som sytts var det som om allt klarnade. Naturligtvis fanns det all anledning att glädjas. Allt kunde gått helt galet, som den utmattade fröken Jonsson sagt, när det var över.

Jag hade inte riktigt förstått, När jag kom från skolan hade fröken Jonsson redan varit där med sin svarta väska och stängt in sig med mamma i sovrummet. Jag och systrarna fick hålla oss undan. Efter en evighet fick vi veta att en liten syster var född och plötsligt var pappa försvunnen.

Mamma var jättetrött, men vi fick se det skrynkliga knytet och på något sätt kom vi alla småningom i säng. Nästa dag var det full fart med pappa, som kommit hem igen, i full aktion. Mamma ropade på mig och talade om att bakplåtarna inte var smorda och att det måste göras innan faster Astrid kom.

"Hur gör man det? De är ju alldeles kladdiga " undrade jag för mig själv, gråtfärdig av den konstiga stämningen och av att mamma bara låg där och verkade ha svårt att röra sig.

När fastern kom och började rumstera om i skåpen och tala om att nu hade väl ändå Gunhild blivit galen som hade grötslattar och andra matrester i skafferiet och ingen ordning över huvud taget, blev det nästan för mycket. Ingen skulle väl komma och tala illa om lilla mamma.

På julafton kändes det ändå nästan som en vanlig jul. Julgranen fanns på plats, julklappar fick vi, men mamma halvlåg på soffan och gick ogärna upp. Babyn hade svårt att hålla temperaturen så varmvattenflaskor skulle värmas och hon måste passas noga.

Det var verkligen riktig vinter med höga snödrivor och isande kyla. Pappa åkte igen till sitt arbete, skolan började och mamma kunde småningom röra sig som vanligt, men när vattenpumpen plötsligt strejkade och hon måste ta skidorna och kasa ner till stolpen vid älven för att starta motorn från brunnen var hon förtvivlad. Jag fick följa med nästa gång och lära mig hur man gjorde för att sedan överta den uppgiften.

Varför minns jag så lite från de första åren? Jag minns inte min lillasyster! Jag vet att jag hjälpte till med henne att jag sydde kläder till henne och att hon utvecklades till en gullig unge, men inga bilder!! När hon var ett och ett halvt år började jag i Realskolan i Lycksele och bodde borta hela veckorna så då blev ju kontakten rumphuggen. Jag kom oftast hem vid ettiden på lördagar och åkte igen söndagskvällar med tiobussen. Jag minns inte!

I den lilla by där jag växte upp bodde ca 150 människor. Av dem var ungefär hälften "frälsta". De hade ryckts med av den väckelsevåg som spred sig över Västerbotten under nittonhundratalet. Unga, vackra, karismatiska män kom resande och samlade byborna till "härliga möten" med mycket sång och entusiasmerande budskap om jordens synder och om fröjden som väntade "ovan där".

Min familj var inte med, men jag fick gå i söndagsskolan. Det var en slags förskoleaktivitet, en möjlighet att träffa andra barn. Vi sjöng "Jesus älskar alla barnen "och "tryggare kan" och fick höra berättelser ur bibeln vid en stor sandlåda.

Mina vanliga lekkamrater, de två år äldre kusinerna, följde ofta med sina troende föräldrar till kapellet. De var uppfyllda av sina erfarenheter från mötena i församlingen och kom hem med ständig önskan att vi skulle leka bönemöte. Jag förstod inte, kände mig utanför och ville inte vara med.

Åren gick och när vi flyttat till själva byn vidgades min horisont. Här bodde vi vid landsvägen och kunde springa till skolan. Ungefär hundra meter från vårt hus bodde en familj som betraktades med misstro. De såg lite annorlunda ut, hade mörkt hår och svarta ögon och sades vara "tattare". De ägde ingen mark, men hade ett eget hus och försörjde sig, tror jag, som hästhandlare.

Byskvallret rörde sig ofta kring dessa människor. Gjorde de egentligen något annat än latade sig, spelade dragspel och kanske till och med drack sprit? Den mest intressanta familjemedlemmen var Fritz, en tonårspojke som plötsligt började intressera sig för kvällsmötena i kapellet. Han sades gå dit varje kväll och sitta längst bak i lokalen utan att delta. Snart visste alla att han hade förälskat sig i Ebba, min kusin, som nu var i sextonårsåldern och som alltid stod på podiet och deltog i sången. Enda möjligheten att komma i kontakt med henne var naturligtvis genom församlingen.

Efter en tid hade Fritz blivit "frälst" och Ebba och han var ett par. Viken katastrof! vilken mesallians! Min och även Ebbas farfar var mest upprörd. En dag stod han vid vårt köksfönster och tittade längs vägen och sa." Nämen, har man sett, där kommer själva förtidspensionen, en viss Fritz".

Alla fick ångra sig! Ebba och Fritz gifte sig så fort de hade åldern inne. De byggde sig ett eget hus, fick tre barn och massor med barnbarn och barnbarnsbarn. Det hände att Fritz ibland hemföll åt alkoholen, men Ebba stöttade honom alltid. Till sist blev han ändå utesluten ur den stränga församlingen. Fortfarande efter sextio år är de gifta och bara ibland får Fritz ett återfall "men då får han flytta ut i husvagnen "säger Ebba. Av församlingen återstår numera bara tre personer varav Ebba är en.

Byn där vi bodde hade ungefär etthundrafemtio invånare. De flesta var fångade av en stark frireligiös rörelse. I den pampiga Filadelfiakyrkan pågick regelbundna möten varje helg. Där var byns samlingspunkt. Vår familj var inte medlemmar. Ibland gick jag dit i alla fall för där fanns en orgel, många gitarrer och duktiga sångare. Musikglädje! Där föddes min längtan.

När vi flyttade till den nya villan inne i byn köpte pappa ett piano. Jag var no år. Ingen av mina föräldrar kunde spela, men vi barn skulle få möjlighet att lära oss. Pastorsfrun engagerades av pappa som vår lärare. Vi fick en nybörjarbok och lärde oss om diskant- och basnoter, fingersättning, taktstreck och paustecken. Det var ganska tråkigt "Lärarinnan" hade vita prinskorvsfingrar, tyckte vi. Hon var snäll men ingen pedagog Vi gjorde små framsteg och det var viktigt för när pappa kom hem ville han att vi skulle spela för honom och visa vad vi lärt oss. Han var förväntansfull och köpte alltid nya noter." An der schönen blauen Donau" för fyra händer och sådant. Jag var också otålig och såg fram emot att lära mig fort.

Som tolvåring började jag i realskolan fyra mil hemifrån. Nu stod jag utanför aulan i Lycksele allmänna läroverk. Dörren var stängd och där inne spelade någon "Det sjunger ibland tallarna av tusen fåglaröster".

Det lät fantastiskt, som en riktig pianist. Där inne pågick intagningsprov till "instrumentalmusiken". Om man kom med där kunde man få en halvtimmes lektion med en pianolärare varje vecka. Hemma hade jag lärt mig ett stycke som jag skulle spela upp inför antagningen. Att det var alldeles för enkelt gick upp för mig när jag stod där i korridoren och lyssnade Så pinsamt. Jag smet slokörad iväg.

Jag måste under veckorna bo inackorderad hos tant Tora som var gift med en av pappas kollegor. Där fanns inget piano. Min pappa ordnade så att jag kunde få gå hem till några andra av hans vänner och öva på deras instrument. Det var inte idealiskt. Allt för sällan kunde jag förmå mig att gå dit, så något riktigt pianospel blev det inte det första läroverksåret.

Men nästa sommar bestämde jag mig. Jag skulle minsann lära mig precis det stycke som jag hade hört. Noterna fanns i "nu ska vi sjunga " Hela sommaren tragglade jag vid pianot. Jag hade alltför torftiga baskunskaper, men så småningom lyckades jag ta ut hela melodin med ackompanjemang och till och med spela den med bravur.

Uppspelningen gick galant. Jag blev antagen. Ganska snart upptäckte min nya lärare att jag kommit in på falska meriter, men han var tolerant och förstående. Det blev trevliga lektioner i flera år.

Vi sitter på Frälsningsarméns café Druvan i Lycksele. Det är ett gammaldags café med små bord av björk, stoppade stolar, trasmattor på golvet, glaslampor i taket och en disk där bakverken presenteras. Gardinerna är i gles bomull och på fönsterbänkarna blommar röda pelargoner Uppe på hyllan vid taket blänker kopparföremålen. Här är allt bakat på plats. Det är bara tre år sedan vi flyttade hit till Lycksele från vår villa i den lilla byn. När jag var tolv år och skulle börja i läroverket måste jag bo inackorderad under veckorna. Det fanns inte möjlighet att åka de fyra milen hem varje dag. Nu har också min syster Monica börjat i samma skola och Eivor står på tur så flytten är en lösning för hela familjen. Min pappa som älskar ett ständigt ha nya projekt på gång har haft fullt upp.

I dag är det tisdag. Jag har ätit lunch hemma och när jag ska gå tillbaka till skolan säger mamma " tänk om du kunde vara ledig så vi fick gå på kondis". Vilken lättsinnig ide.

Min mamma har bara gått sex år i skola. Hon har alltid framhållit sin förmåga att stava rätt och att kunna räkna och är absolut mycket begåvad. Hon vill gärna tala om" riktiga saker" och är väldigt intresserad av vad vi gör i skolan. Den hittills relativt isolerade hemmafrutillvaron har varit understimulerade för henne Nu vill hon göra nya annorlunda saker. Hon köper brevkurser och går på studiecirklar och hon vill prata med någon som lyssnar. Jag tycker mycket om min mamma.

Vi stämmer träff på caféet och jag skolkar från sista lektionen klockan tre. Mamma som bakar de ljuvligaste kakor tycker mycket om att äta "köpebröd". I dag finns det semlor! Vi njuter! Bara inte någon av lärarna kommer hit!

Det var en av mina skolkamrater som kom fram till mig på frukostrasten. "Du ska in till rektor". Vad har hänt? eller vad har jag gjort? Man behövde aldrig gå till rektor om det inte gällde något obehagligt så tankarna rusade runt i huvudet.

Inne på expeditionen tronade rektor, en stor tjock, gleshårig man, bakom sitt tunga skrivbord Han såg vänlig ut så jag blev lite lugnare. "Jag har ett erbjudande till dig" började han. "STF, svenska turistföreningen, har skänkt pengar så att en skola i varje län får dela ut ett stipendium till en femtonårig flicka. Stipendiet innebär att man får en vecka i fjällen med resa och allt annat betalt. Vi i kollegiet tycker att du ska få åka. Vad säger du om det"?

Jag blev helt överväldigad. Så klart att jag ville. Under sommarlovet fick jag en utrustningslista, beskrivning av resan och ordentliga tidsangivelser.

I början av augusti tog jag tåget till Enafors, där ett tjugotal flickor från hela landet strålade samman Där mötte oss också två manliga ledare. Vi fick presentera oss och efter frukost axlade vi våra ryggsäckar och började vandra. Målet för dagen var Storulvåns fjällstation. Där installerade vi oss, fick god middag och kunde i sovsalen bekanta oss med varandra.

Nästa morgon var vi tidigt uppe. Vi skulle innan kvällen nå Sylarnas fjällstation. Varje timme gjorde vi en liten paus, lunch hade vi med oss och vi kämpade på. Den äldste ledaren visade oss hur vi genom att ta lugna stora steg gjorde vandringen lättare och mindre tröttande.

På Sylstationen stannade vi några dagar. Vi gjorde expeditioner för att undersöka den rika unika floran Vi besteg Syltoppen och kunde på tillbakavägen njuta av att åka kana nedför glaciären

En dag skulle vi gå till Norge. Avståndet till gränsen var ca fyra kilometer. Vi skulle ta med våra tomma ryggsäckar. Det var en behaglig vandring och snart nalkades vi ett enkelt renbetesstaket, som utgjorde den oansenliga gränsen. Ändå kändes det lite högtidligt att passera den. Under kriget var det många som flydde den här vägen. Nittonhundrafyrtiofem när personal kom till stationen för att öppna för säsongen hittade de tre döda soldater som lyckats ta sig fram till huset, men inte orkat elda utan förfrusit.

På norska sidan kom vi snart fram till en sjö. Där låg ett litet hus och den gamla kvinnan som bodde där bjöd oss på smörgås och getmjölk. Efter en stund tog hon fram stora lådor med margarin. Nu förstod jag varför vi hade ryggsäckarna med oss. Vi skulle fylla dem med margarin och bära det till Sylstationen. Prisskillnaden mellan grannländerna var på den tiden stor.

Sista kvällen på stationen var det avskedsparty. Där var också andra gäster som vår grupp underhöll med en liten cabaret. Nästa dag vände vi tillbaka mot civilisationen. Vandringen gick mot Blåhammaren där vi gjorde vår sista övernattning med gänget. Det var vemodigt att skingras, men vi var alla uppfyllda av tacksamhet över vad vi fått vara med om. Vi hade också knutit nya kontakter som vi hade glädje av framöver.

Med stora steg kom han in i klassrummet. Han var lång och kraftig, klädd i grå luggsliten kavaj med en stor näsduk i bröstfickan. Håret var glest, grått, långt och tillbakastruket. Han luktade whisky och cigaretter.

Det var mitt första möte med en "riktig författare". Han var vår nya lärare i "svenska språket och litteraturen" samt i franska. Tidigare hade vi haft en, mager, hetlevrad pedagog, som kunde skrämma slag på den som inte visste skillnaden mellan adverb och adjektiv. Nu skulle det bli annorlunda.

Ryktet om den udda figur, som skulle ingå i kollegiet, hade gått långt innan terminen började. Hur kunde det komma sig att en sådan person sökte sig till lilla Lycksele. En teori var att han hade lungproblem och skulle må bra av den rena, kalla och friska luften. En annan mera fantasifull förklaring handlade om livligt alkoholmissbruk, missade studentförhör och närapå förvisning. Han hade gett ut flera böcker som alla var utlånade på biblioteket. Kön för nylån var lång. Någon som läst honom kunde rodnande berätta om pinsam frispråkighet.

Är man född i Småland och har studerat i Lund talar man inte som i Lycksele. Det var den första påtagliga skillnaden. Lektionerna blev också förändrade och kom att handla mera om romaner, skrivande och läsande. När vi haft vår första uppsatsskrivning och fick våra alster tillbaka frågade han mig om jag läste Olle Hedberg. Jag erkände generat att jag slukat böckerna om Blenda och studentlivet, men fattade inte hur han kunde veta det.

Vi fick höra livfulla berättelser om livet i Argentina där han tillbringat hela sex år i sin ungdom. Han talade om vikten av att behärska det egna språket, men också av att lära sig nya. Hans entusiastiska introduktion till sina favoritförfattare gav oss alla ett nytt stort läsintresse. Något som följt mig hela livet.

Han hade också synpunkter på det inskränkta livet i vår stad och var mycket sarkastisk när han berättade hur han en söndagseftermiddag tittade ut mot Storgatan och såg en total ödslighet. Han beskrev utsikten - "inte ens de små tanterna med bakelsekartonger fanns att se. Men så hörde jag avgrundsvrål bort ifrån skogen och då förstod jag att det var borta på fotbollsplanen alla befann sig".

Han saknade helt idrottsintresse och visste naturligtvis inte att Lycksele IF spelade kval till allsvenskan mot GAIS, något som engagerade varenda annan lyckselebo. Det egna livet i en liten lägenhet i ett privathus kan inte ha varit så trevligt. Vi ungdomar tyckte oss se hur det utvecklades en relation mellan honom och "fröken Karlsson", läraren i tyska. Det skulle göra bådas liv lite roligare tyckte vi.

Bara några år efter min studentexamen fick jag veta att min gamla lärare var död. Det kändes sorgligt, men jag har fortfarande hans böcker i min bokhylla. Docenten och författaren John Karlzen dog 1960 och blev 57 år.

Det var i slutet av sista sommarlovet innan studenten. Jag fick plötsligt för mig att jag skulle gå till Gunilla, min skolkamrat. Det var lite anmärkningsvärt för vi brukade inte gå hem till varandra. Vi umgicks bara i skolan och ute på stan. Hon öppnade och blev glad att se mig. "Vi sitter och dricker te med min kusin Jan som är här på besök". Hon övertalade mig att komma in.

Jan har hela livet påstått att han direkt tänkte "henne ska jag gifta mig med "Jag tyckte det var trevligt med en blond, blåögd ny bekantskap. Under kvällen bestämdes att vi skulle gå på logdans alla tre nästa kväll. Det sa "klick".

Vi träffades varje dag. Gunilla kände sig snart som femte hjulet under vagnen och drog sig undan. Efter en intensiv vecka var det dags för Jan att åka hem. Vi satt vid älven där Hällforsen fortfarande brusade fritt och pratade om framtiden. Jan visade sig vara otroligt romantisk. Han såg livet som en glad operett. Jag påminde honom om tåget som snart skulle gå och han sa " låt det gå, jag åker i morgon". Han tyckte att jag skulle följa med och ta studenten med honom i Köping! Helt orealistiskt. När Jan kom tillbaka till sin moster för ytterligare en natt blev hon inte glad. "Så gör man bara inte ".

Hela vintern brevväxlade vi intensivt, men framåt våren blev det slut på breven. Ett år senare sökte Jan upp mig igen och vi hittade tillbaka till varandra. Jag studerade i Umeå och Jan i Stockholm. Det blev många brev och många resor. Jan hade ett system som innebar att han efter varje godkänd tentamen fick åka till Umeå. I tre år turades vi om att pendla.

När Jan var klar med sina studier och hade fått sitt första jobb gifte vi oss. Jag tyckte inte att det var så bråttom, men Jan sa: "Vad väntar du på? Du kan ändå aldrig få någon bättre än jag". Han hade rätt. Vi har levt tillsammans i femtiosex år.

Vi lyckades köpa en enrumslägenhet för fyratusenfemhundra kronor. Paret som sålde den hade ingen tanke på att trissa upp priset trots att det var sådan bostadsbrist. Vi fick till och med en lysningspresent, tolv mockakaffekoppar. Olikfärgade, guldkantade och oanvända står de fortfarande i skåpet och väcker min förundran Så osannolikt att vi överhuvud träffades Vilken slump som kom att styra våra liv.

I förrådet står den stora kartongen med alla breven.

Mammas stora bruna handväska med knäpplåset finns breven till Sissi. De första är skrivna av mig den hösten jag började på tandläkarhögskolan i Stockholm. Sissi var elva år yngre än jag och för henne var jag lite av extramamma. Hon var mycket ledsen när jag flyttade. Nu skrev jag och berättade att jag hyrde rum hos en tant på Karlbergsvägen åttio. Därifrån var det gångavstånd till Karolinska institutet där jag hade mina föreläsningar. Hyrestanten hade kommit som artist från Ryssland. Hon var änka och hade sångelever som hon ackompanjerade på sin flygel i rummet bredvid mitt. Jag fick använda kök och badrum. Utanför mitt fönster fanns en lekpark som hörde till Birkaskolans daghem. Det var roligt att se alla barnen. Jag trodde väl att det här var ungefär vad Sissi ville veta!

När jag kom hem till Lycksele för jullov var Sissi sjuk! Hon hade röda utslag i ansiktet och var svag i armar och ben. Doktorn i Lycksele hade inte kunnat ställa någon diagnos så hon skulle få komma till lasarettet i Umeå efter helgerna.

Mamma och pappa åkte ned med henne. Jag var också där och hälsade på några dagar.

Från Umeå finns det mängder av brev. "Hoppas att du snart slipper ligga i den där glasburen", skrev min syster Eivor. Innan man fastställt diagnosen höll man Sissi isolerad. Jag skrev om min tågresa tillbaka till Stockholm, om att vår mamma snart skulle fylla fyrtiosex år och om att allt snart skulle bli bra igen. "Försök att hålla kudden torr utan tårar."

Från skolkamraterna kom brev om att det var 29 grader kallt, att man börjat med en ny läsebok och att man hoppades att Sissi snart skulle bli frisk och komma tillbaka till klassen. "Du blir ju efter i allting". Alla hälsade så mycket.

I mammas brev skymtar förtvivlan, men de uppmuntrande orden övervväger. Hon talar om vad hon ska ta med sig nästa gång hon kommer på besök, vem som snart ska hälsa på och att "farbror Sven" läst upp Sissis brev i Barnens brevlåda.

Vår pappa, som annars inte var någon brevskrivare, har skrivit jättefina, förhoppningsfulla brev. För honom var Sissis sjukdom extra tung. Han kände det som att han fick sitt straff för att han inte kunnat behärska sin besvikelse över att även det fjärde barnet var en flicka.

Från vår andra syster Monika finns inte ett enda kort eller brev. Hon måste varit så upptagen av sitt eget tonårsliv att hon inte tog del av familjedramat.

Hela vintern fick Sissi åka ut och in på lasarettet. Hon hade en autoimmun sjukdom, SLE, som behandlades med kortison, men hon blev allt sämre. Till slut framåt våren lyckades min desperata pappa få henne remitterad till Karolinska. Det var chockartat för mig att ta emot mina föräldrar, som jag inte sett på flera månader. båda grå och åldrade till oigenkännlighet. De stannade ett par dagar, men sedan bestämde vi att jag kunde vara kvar i Stockholm och finnas för Sissi. Min studietermin var slut så jag tog ett arbete på en frukostrestaurang och kunde besöka sjukhuset varje dag.

Mamma och pappa skickade kort från sin hemresa och breven fortsatte att komma, men den tjugoförsta juni 1959, en strålande sommardag, tog livet slut.

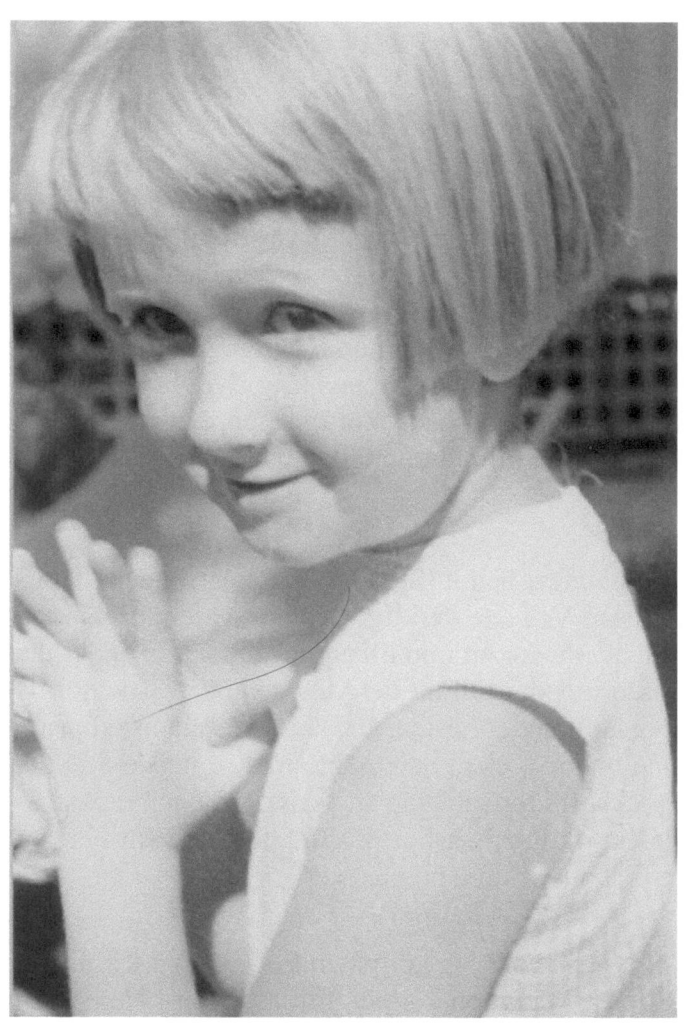

Sissi blev nio år.

Hösten 1958 började jag på tandläkarhögskolan i Stockholm. Jag fick bo de första dagarna hos en bekants släkting i Danderyd medan jag sökte bostad. Jag satte in en annons i Dagens nyheter och fick svar från en dam på Karlbergsvägen 80. Jag åkte dit och tittade och tyckte att det skulle bli bra med promenadavstånd till Karolinska institutet. Rummet var ganska stort och jag fick använda kök och badrum. Hyresvärdinnan Mignon Georgian Jansson. var mycket speciell. I sitt stora rum hade hon en stilig flygel och där tog hon emot sångelever för vilka hon hade stora förhoppningar. Hennes dröm var att någon av dem skulle få uppträda hos Egon Kjerrman på Skansen.

Till höstlovet åkte jag nattåget hem till Lycksele. På perrongen möttes jag av mamma och Sissi. Vi hade verkligen saknat varandra. Nästan det första mamma talade om var att min lillasyster fått några underliga utslag i ansiktet. Doktorn hade trott att det kunde vara frostskador då det redan varit ganska kallt under hösten. Jag använde någon skonsam ansiktskräm på henne under veckan och tänkte inte så mycket på det annars. Tillbaka i Stockholm fortsatte jag att skriva brev och fick småningom veta att Sissi var riktigt allvarligt sjuk, att hon blev allt svagare i armar och ben och fick allt svårare att gå.

Det var en chock att se henne när jag kom hem till jul. Hon var mager blek och dämpad. Efter jul fick hon komma till lasarettet i Umeå och jag var med henne där några dagar. Där fick hon diagnosen lupes erytemadodes. en bindvävssjukdom som behandlades med cortison.

Under vintern och våren fick jag rapporter om hur hon blev allt sämre. Pappa gjorde en särskild stol med tillhörande bord till henne så att hon kunde äta och göra skolarbete utan att behöva flytta sig. Vår pappa blev alltmera desperat och lyckades till sist få en remiss till Karolinska. Jag mötte dem när de kom och det var sorgligt att se hur både mamma och pappa var tydligt åldrade och förändrade. På den här tiden var det inte möjligt att få vara på sjukhus med sitt sjuka barn, Pappa tyckte att han måste åka hem och sköta sitt arbete och för mamma kändes det också svårt att stanna så det bestämdes att jag som hade bostad skulle bli kvar i stan och besöka Sissi varje dag. Jag fick ett sommarjobb på Domus studentrestaurang och delade min tid mellan den och Karolinska. Jag läste böcker med Sissi vi spelade lite spel och pratade. Hennes favorit-fantasi var att hon skulle bli bättre så att vi båda fick åka flygplan hem till Lycksele tillsammans och jag kunde stanna hemma med henne hela sommarlovet.

Den 20 juni var en fantastisk sommardag. När jag öppnade dörren till hennes rum satt hon i sängen och såg helt förändrad ut som om döden redan kommit och hon sett den med sina stora ögon. Hon ville ha en läsk så jag gick efter en stund för att köpa det. När jag kom tillbaka mötte mig en sköterska i korridoren och sa att allt var över. Jag började storgråta och hon höll om mig och jag minns inte vad vi sa eller gjorde. Jag tror att hon lovade ringa till Lycksele. Det var förfärligt!

Så skönt att det var en lördag. Jan gjorde militärtjänst i Skövde och kom upp till Stockholm över helgen. Han ringde på dörren och jag var ensam hemma och kunde gråtande släppa in honom och få lite tröst.

"Kom och vila på min arm" var hans kloka förslag.

Nu gällde bara att packa ihop efter året i Stockholm och åka hem till Lycksele. Där pågick förberedelser för begravningen och vi fick gå till vår sömmerska som sydde svarta klädet till oss alla.

Hela den här tiden är helt utsuddad ur minnet. Begravningen minns jag inte alls. Vi hade en samling för gästerna på Stora hotellet kan jag se i sparade papper och Sissis lärarinna höll ett fint tal men bilderna finns inte!

N är patologens skalpell träffade den vita huden vek sig mina ben och jag svimmade. Undervisningen i anatomi och patologi omfattade närvaro vid obduktion. Jag gick första året på tandläkarhögskolan vid Karolinska institutet. Hur hamnade jag här?

Mitt studentbetyg från naturvetenskaplig linje öppnade vägen för många möjliga utbildningar, men jag kände mig helt vilsen och utan mål. Jag läste broschyren "student 58"fram och tillbaka och visste inte vad jag ville. Någon studievägledning fanns inte. och mina föräldrar lät mig själv bestämma. Som barn sa jag alltid att jag skulle bli lärare. Nu var jag inte säker längre. Jag tänkte att det viktigaste var att så snart som möjligt få ett yrke som gjorde mig självständig och självförsörjande Till sist skickade jag in anmälan till Folkskoleseminariet i Umeå, men också till Tandläkarhögskolan, till arkitektlinjen på KTH, till farmaceutlinjen och flera andra utbildningar.

Till Umeå blev jag kallad för intagningsprov. I tre dagar genomgick jag tentamen i alla läroämnen inklusive musik och slöjd. I väntan på besked åkte jag till England på internationellt jordgubbsplockarläger.

När jag kom hem hade jag blivit antagen till både lärarutbildningen och till tandläkarhögskolan. Övriga ansökningar hade tydligen ignorerats eftersom det var central intagning till alla högskolor.

Snabbt bestämde jag mig för att åka till Stockholm. Det kändes spännande. Tandläkarutbildningen bedrevs på Karolinska institutet och på Holländargatan. Vi läste medicin hela första året, men hade också utslagningskurser där vi skulle visa vårt handlag genom att arbeta i lera och gips. Vår kurs var den första som hade nästan hälften kvinnliga studenter. Det betydde inte att vi flickor på något sätt betraktades som likvärdiga våra manliga kamrater. De tilltalades mad "kandidaten" medan jag till exempel blev "fröken Holm" sagt med lite snörp på munnen. Det var ändå en märkvärdig miljö med många kvalificerade lärare. Högtidligast var att tentera för Nobelpristagaren Ulf von Euler.

Att mitt låga blodtryck skulle ställa till det för mig förstod jag när jag blev utburen från patologen. Jag var inte den första som reagerat i den deckarartade miljön, men ändå kändes det pinsamt. Under tredje och fjärde terminerna var det lugnt. Vi satt på "lab" och fick göra lagningar på modell, gjuta guldinlägg, tillverka jacketkronor och bygga proteser.

På femte terminen var det dags för egna patienter. Ansvarsfullt och spännande. De patienter som kom till oss måste ha gott om tid och vara tåliga då varje moment vi utförde skulle godkännas av en amanuens. Det var oväntat svårt att arbeta i en levande miljö full av sprutande saliv.

På kirurgikursen lärde vi oss att bedöva, extrahera tänder och operera. Nu fick jag problem eftersom jag inte riktigt tålde att stå bredvid och se blodiga ingrepp. Det hände då och då att jag föll ihop igen.

Vilken triumf när jag i slutet av utbildningen opererade bort den första visdomstanden och min lärare berömde mig och sa "minns du hur det var förr - det var dig man fick bära ut".

Jag hade gått nio terminer på tandläkarhögskolan och nu var det bara några sluttentamina kvar under våren 1962. Vi hade lov hela januari och jag kunde börja arbeta på dispens. Folktandvården hade en tvåmansklinik i Upplands Väsby där vi bodde så det var perfekt. "Du kan alltid ringa mig "sa Lillemor som jag skulle vikariera för.

Första arbetsdagen visade det sig att där fanns ingen kollega, men som tur var en mycket erfaren tandsköterska. Jag tyckte mig kunna allt, men insåg snart att det var helt annorlunda att själv ta hela ansvaret. Här skulle jag plötsligt bestämma terapi för de mest skilda problem, jag skulle sköta skoltandvården, skriva en ny typ av journaler, ta betalt, planera tidboken och vara arbetsledare.

Att ta emot skolbarn var inga problem. Ett tiotal barn kom samtidigt för undersökning. Behövde någon behandling fick de ny tid av syster Annalisa. Mellan klockan elva och tolv var det jour och då var väntrummet plötsligt alldeles fullt. Jag lyckades avhjälpa akut tandvärk, svullet tandkött och lossnad jacketkrona, men så kom det in en ung man med feber och kinden som en halv fotboll. Jag fick panik och ringde Lillemor. Hon lugnade mig skrattande och sa att jag bara skulle dränera och sedan skriva ut penicillin. Naturligtvis! Skriva recept i rätt dosering var inget jag gjort förut men nu lärde jag mig. Det blev en kort lunch den dagen. När kvällen kom var jag utmattad men nöjd.

Efter avlagd examen fortsatte jag arbetet på samma plats under ett år. På en landstingsträff mötte jag en kurskamrat som rekommenderade mig att söka till en nyöppnad klinik i Jakobsberg. där det var flera vakanser. Jag lydde rådet och erbjöds då förtur i bostadskön och vi blev hänvisade en bostadsrätt på tre rum och kök som vi kunde köpa utan överpris.

64

Det var roligt på den nya arbetsplatsen. Vi var tre tandläkare och lika många sköterskor, som kunde samarbeta och rådgöra med varandra. Vi arbetade fyrtiofyra timmar i veckan och även lördagar. Behovet av tandvård var omättligt så vi fick verkligen ligga i.

Jag tyckte hela tiden att mötet med människor var mera intressant än tänder. Därför kom jag att intressera mig mycket för tandvårdsrädda. Jag gick flera utbildningar i psykologi, avslappning och hypnos och kunde hjälpa många förtvivlade som aldrig vågat ta emot ordentlig vård.

Ryktet om den" snälla" tandläkaren spreds.

Efter ett år på folktandvården i Jakobsberg föddes Anna, vårt första barn, och jag var barnledig i berättigade sex månader. Det visade sig vara svårare än jag trott att kombinera omsorgen om barnet med heltidsarbetet. Det gick inte att få deltid och jag blev alltmera desperat.

På torget i Jakobsberg stötte jag ihop med Sölve, min kurskamrat. Det hade gått månader sedan vi sågs. "Hur har du det" frågade han. Uppfylld av mina bekymmer började jag direkt beklaga mig. Orden forsade fram.

Jag berättade att jag, efter att ha varit föräldraledig i sex månade, var tillbaka på mitt arbete i folktandvården. Det var en heltidstjänst och deltid gick inte att få.

Allt med vår lilla baby var noga förberett. Den barnflicka vi hade anställt var fantastisk. Hon kom från Gotland och klarade både baby och hushållsarbete med glans. Ändå blev hon ingen riktig vinstlott. Problemet var att hon nu efter bara tre månader hade sagt upp sig för att föda ett eget barn. Hur skulle jag hitta en ersättare? Hur skulle jag orka med de långa arbetsdagarna och de sömnlösa nätterna? Borde jag kanske försöka få en längre ledighet? Det kändes riskabelt. Det gällde att inte tappa yrkeskompetensen. Jag ammade fortfarande morgon ock kväll. Det betydde att om jag blev lite stressad började jag läcka och måste gå ifrån min patient och byta blus. Efter denna litania kom Sölves reaktion: "Men kom till oss! Kjell och jag har precis köpt Riddarpraktiken här i apotekshuset. Det finns ett ledigt arbetsrum och gott om patienter. Du kan arbeta så mycket du vill och orkar".

Vilket erbjudande! Vi skrev ett anställningskontrakt. Jag skulle ha en assistenttjänst där femtio procent av intjänat arvode stod för tandsköterska, rum med utrustning och förbrukningsmaterial. Resten blev min lön. Det lät fantastiskt. Att själv få planera arbetstider och ledigheter var en dröm.

Efter tre månaders uppsägningstid bytte jag arbetsplats. Till en början arbetade jag bara tjugo timmar i veckan men så småningom blev det mer och mer.

Det visade sig att mina farhågor beträffande barnflickor i högsta grad besannades. En kavalkad av upp till fjorton tonåringar passerade revy genom åren. Till den kommunala barnomsorgen var det lång kö. Inte förrän 1974, fick Karin, vårt tredje barn, som då var två år, plats på dagis och de två stora på fritids. En befrielse!

På min nya arbetsplats trivdes jag mycket bra. Efter några år köpte jag in mig i företaget och kom sedan att arbeta där i tjugofem år. Vilken vinstlott jag hade dragit.

Allt var förberett. Jag hade lämnat över min tandläkarpraktik till en bra vikarie. Vi hade tre dagar tidigare, den tolfte mars, flyttat in i vår nybyggda villa och vår barnflicka Marianne hade lovat ställa upp som barnvakt när som helst.

Den här onsdagen var vi bjudna på middag hos vänner inne i stan så Jan kom direkt från sitt arbete. Tvååriga Anna och jag kom med buss. Det var snö på marken och is i luften. Jag minns att jag hade min fårskinnspäls.

"Så bråttom är det väl inte" sa Jan, när jag direkt efter middagen föreslog att vi skulle åka hem. Jag tyckte Anna var trött och grängig så vi tackade för oss. Väl i bilen berättade jag att den smärta jag kände inte verkade vara bara förvärkar.

Vi måste kontakta Marianne. Vår telefon var ännu inte inkopplad så vi ringde från en telefonkiosk "Marianne brukar gå ut på onsdagar, men hon kommer nog hem vid ettiden" sa hennes mamma, Olga.

Panik!

Jag nattade Anna medan Jan gick över till våra grannar och fick med sig Valle, som lovade sitta barnvakt. Att lämna vår tvååring med en för henne ganska okänd farbror. kändes inte bra. "Vi väntar lite" sa jag där jag låg i dubbelsängen med armen om lilla Anna. Jag andades med långa och djupa andetag. Den franska boken "Föda barn utan smärta" hade varit mitt husorgan redan för tre år sedan.

Plötsligt hörde jag Mariannes röst. Jag måste ha somnat. Klockan var redan ett. Nu blev det full fart mot Danderyds sjukhus. Jag togs direkt in på förlossningen och fick en trevlig och bra barnmorska. Jan fick vara med hela tiden. Det blev en okomplicerad förlossning. Klockan sju föddes en skrynklig pojke på tre och ett halvt kilo.

När allt det slaskiga var undanstökat, babyn låg i sin lilla låda och jag hade fått mitt rum var det dags för den stora belöningen Vi fick underbart välsmakande te och goda smörgåsar. Vilken fest!

Jan åkte in till sitt arbete för att delta i det traditionella morgonmötet. Den här dagen blev han som nybliven pojkpappa bjuden på cigarr. Jag kunde låna en telefon på avdelningen för att ringa till glada mor- och farföräldrar. Med babykorgen bredvid mig fick jag en välbehövlig sömn efter den intensiva natten.

Det blev hastigt bestämt. Jan läste DN som vanligt vid lördagens frukost och sade plötsligt". Vi åker till Östhammar – där har vi aldrig varit" Han hade sett en annons om ett "skärgårdshemman" till salu.

Vägen dit var längre och krångligare än vi kunnat ana. När vi så småningom snirklade oss fram på en smal skogsväg började vi tro att vi kört alldeles galet, men plötsligt låg huset där! Det var en timrad rödmålad parstuga med vackra gamla fönster och en trappa mot den nedgående solen. Framför huset var tunet täckt av tusenskönor i det glesa gräset och bakom, bortanför en skogig hage, skymtade vattnet. Visningen var slut för länge sedan så vi kunde bara titta in genom fönstren Vi satt på trappan med vår kaffekorg och njöt. Här var alldeles tyst. Jag blev förälskad i miljön.

Hemma igen sansade vi oss eller rättare sagt jag ansåg att det var orealistiskt att köpa ett sommarställe bara fyra år efter att vi flyttat in i vår nybyggda villa. Jan, som älskar projekt släppte ändå inte taget. Han kontaktade mäklaren och fick veta lite mer om huset. Det såldes av en familj som under åtta år arbetat intensivt med att renovera och inreda den nedgångna byggnaden. Nu låg paret i skilsmässa och måste sälja. Så sorgligt!

Ända fram till 1963 beboddes huset av en ensamstående kvinna, som levde här utan el, vatten och riktig väg. Hon försörjde sig som bysömmerska och var känd av alla som "Frida".

Hösten gick och jag försökte glömma alltihop men i november ringde mäklaren och berättade att försäljningen misslyckats. "Ni var ju så intresserade" sa han. Vi åkte ut igen och tittade ordentligt.

Innanför den ockrafärgade ytterdörren fanns en hall med stänkmålade vita timmerväggar, rakt fram "kammaren" ombyggd till ett litet kök, till höger ett rum som dominerades av en stor järnspis med sluten eldstad och bakugn. Golvet bestod av breda plankor och i taket hängde runda stänger. Fönster åt tre håll släppte in ljuset

På andra sidan hallen låg "salen" med en rund gul kakelugn. En trappa upp fanns en öppen hall med två små sovrum på varje gavel. Allt var oemotståndligt. Vi åkte hem, förhandlade om priset och kontaktade banken. Så blev vi med sommarställe!

Mitt i vintern, i februari, åkte vi ut för första gången som ägare. Det visade sig att där fanns kvarlämnade möbler som gjorde det möjligt att övernatta och Anna och Johan ville absolut sova i det fina huset. Här fanns så mycket att upptäcka och allt var så spännande. Nere vid sjön fanns en riktig brygga och en roslagseka som också ingått i priset.

När våren kom tillbringade vi varje veckoslut här uppe. Under nu snart 50 år har vi varit här nästan varje ledig dag under vår och höst och minst fem veckors semester varje sommar. Vad som än hände senare i livet blev den här platsen den givna samlingspunkten. Alla älskar Tvärnö!

Påsken 2017 var ett tydligt bevis. Vi blev nitton personer, som samsades i vårt firande Tre barn med respektive partners, nio barnbarn varav två med pojkvänner gör nitton.

Tvärnö i sommarskrud.

Det var en underbar försommarmorgon. Solen strålade från en klarblå himmel och jag var ensam uppe med vår lilla baby. Hon fick sitt morgonmål och somnade snart igen i vagnen under äppelträdet.

Jag kunde ta min badrock och gå ner till sjön för morgondoppet. Vattnet var kallt, bara arton grader. och luktade lite lera, men det var härligt. På ryggstödet till bryggbänken låg trasmattan som jag skurat dagen innan. Den doftade friskt av såpa.

Det var första sommaren som vi hade det nya egna sommarstället i norra Roslagen. Det kändes extra roligt nu när jag skulle vara föräldraledig hela sommaren. Både mina och Jans föräldrar hade hos oss sina första barnbarn, men jag hade deklarerat att vi ville få besök av dem i stället för att vi skulle kuska runt med de tre barnen.

Beslutet fattades fem år tidigare, när vi i mina föräldrars sommarstuga vid Vindelälven upplevde några outhärdliga veckor. Det var åtta grader varmt och regnade nästan varje dag. Kallt regn doftar inte. Anna fick låna sin mormors vintermössa där hon satt på terrassen och Johan, fyra månader, var prickig av myggbett över hela kroppen.

"Aldrig mera vill jag offra mina semesterveckor i detta mygghelvete" var min slutsats. De fyra senaste somrarna hade vi hyrt hus på Fårö, Öland och Åland, men nu hade vi äntligen kommit hem.

På stigen upp från mitt bad kände jag doften av de stora granarna och den brusande bäcken. Liljekonvaljerna höll precis på att slå ut och vid husknuten blommade den stora syrenen. Luften var full av de ljuvligaste dofter men ändå var doften av Karin något ännu mer!

Vagnen gungade lite och lilla Karin var vaken. Jag bara måste ta upp henne, Vad är det hon doftar? Det går inte att förklara mjukt varmt och "gosigt". Olikt allt annat; "den bästa doften." Dagens forskning har kunnat förklara att babydoft stimulerar tillförseln av dopamin i hjärnan.

Rösten i telefonen var uppriktigt bekymrad. "Måste du verkligen åka till Kina"? Aldrig tidigare hade jag upplevt att min starka pappa uttryckte sådan rädsla. Kina lät för honom ofantligt långt borta. Han hade fyllt åttio år, mamma var gravt dement och intagen på vårdboende, vi de tre döttrarna bodde alla åttio mil bort och han kände sig mycket ensam. Skulle jag den äldsta, stabila, försvinna för gott?

Som barn upplevde jag att min pappa stod för spänning och äventyr. Han hade som yngst av fyra syskon blivit kvar i föräldrahemmet. Efter sexårig folkskola började han arbeta i skogen, men drömde tidigt om ett annat liv. Han studerade hermodskurser i byggnadsteknik, bokföring och ekonomi läste skönlitteratur och lärde sig köra bil. Innan han gifte sig hade han byggt om Västerbottensgården till två lägenheter, en för farmor och farfar och en för sin egen familj. Hela tiden hade han nya idéer. Han tog avstånd från allt det som var gammaldags och gladde sig åt samhällsutvecklingen efter kriget. Han köpte och sålde skog och avancerade till virkesmätningsinspektor med många underlydande och stort ansvarsområde.

När jag var åtta år kunde vi flytta in i byns modernaste villa med kylskåp, tvättmaskin och elektrisk spis. Den gamla gården skulle inte få stå och förfalla. Den rev han och virket användes delvis till att bygga en sommarstuga som låg bara en mil bort. Här var det fint fiske. Jag var för liten för att ifrågasätta.

Att vi barn skulle fortsätta studera var så självklart att det överhuvudtaget inte diskuterades. Jag minns att pappa förberedde mig på att jag skulle bo inackorderad under veckorna och att jag skulle få det fint hos en av hans kollegor Snart blev den lösningen ohållbar. När även mina systrar började i läroverket var det dags att flytta till staden. Då var redan det nya huset färdigbyggt och vi kunde bo hemma med gångavstånd till skolan.

Min pappa hade respekt för sina välutbildade chefer, jägmästarna, och han ville att vi skulle få uppleva sådant som de unnade sig. Vi åkte på fjällsemester, på bilresa till Norge och på somrarna till en stuga som vi hyrde på västkusten. Når vi systrar efter studentexamen flyttade till Stockholm och Uppsala åkte våra föräldrar till Italien och till och med till USA för att besöka släktingar i Kalifornien.

Pappas besvikelse var stor när det visade sig att ingen av oss ville tillbringa somrarna i den nu tillbyggda sommarstugan. På sextitalet pågick den stora striden om utbyggnad av de kvarvarande älvarna. ”Äntligen har vi chansen att få ersättning för den här oduliga marken”, var pappas uppfattning. ”Det är lätt för er att sitta i Stockholm och protestera. Ni som kanske kommer hit en vecka om året”. Som tur var blev det igen utbyggnad. Vindelälven med de fritt strömmade forsarna är kvar.

Den tjänst som min pappa hade gav honom rätt till pension från sextio års ålder. Han var mycket stolt över det. Han var frisk och stark och kunde fortsätta med sina projekt. Han byggde ett hyreshus, som han kunde förvalta. Han köpte en tomt, med underbar utsikt över Umeälven, och lät bygga en ny fantastisk villa med riktig snickarverkstad. Här kunde han förverkliga nya projekt. När mamma blev sjuk hade han några besvärliga år med hjälp av hemtjänst. Till sist blev han ensam och då såldes villan och han kunde flytta till en bekväm lägenhet.

De sista åren hade han sällskap av en förtjusande liten kvinna, Linnea, som han i tonåren haft en flirt med. Med henne kunde han titta på tv, gå på konserter och äta middag då och då. När Linnea var tonåring arbetade hon en period som ”piga” på Holmgården Hon blev mycket förtjust i den yngste sonen i huset och han i henne och de hade en liten romans Den blev inte så långvarig. Kanske ansåg omgivningen att relationen var olämplig. De gled isär och förlorade snart kontakten. Båda bildade familj på var sitt håll och visste ingenting om varandras liv.

När det gått många år blev Linnea änka och flyttade in i en lägenhet i Lycksele. Hon hade många barn och barnbarn i närområdet och levde ett aktivt liv.

Halvar, min pappa, levde ensam sedan mamma blivit så dement att hon inte kunde bo hemma längre. Han fortsatte att besöka henne varje dag på vårdboendet också när hon inte längre kände igen honom. Alla hans barn och barnbarn fanns hundratals mil bort och familjeträffarna var sporadiska. Jag uppmuntrade honom att söka sig ut i egna aktiviteter. och han lydde rådet. Han, som knappt kokat tevatten började på matlagningskurs och gick på seniordans. När jag nästa gång besökte honom bjöd han stolt på vällagade köttfärsbiffar med potatismos. Med tillfredsställelse berättade han om dansen där han blev så uppbjuden av alla damerna att: "då hä wal tango gitt ja gå ut för hä kun ja int". På en sådan dans fanns plötsligt Linnea. De hittade genast varandra och det blev ett kärt återseende. Nu började ett livligt umgänge och vi blev efter en tid presenterade för Linnea.

Vid ett av mina besök hos pappa träffade jag på Storgatan en av Linneas söner. Han stannade och pratade och till sist undrade han, något generad, om jag tyckte det var olämpligt att våra föräldrar hade så mycket gemensamt. Jag lugnade honom med att alla vi tre systrar var så glada för deras skull och att det var fantastiskt att se hur bra de trivdes tillsammans.

En dag hörde pappa av sig och talade om att han gärna skulle vilja ta med Linnea till värmen mitt i kalla vintern. "Misstycker du om jag tar Linnea med mig på en resa till Kanarieöarna"? Inget kunde gjort mig gladare. De åkte iväg och hade en fin vecka.

Till julen 1994 skulle pappa komma ner till vår familj. Han hade bokat flygbiljett och packat sin väska. Nu skulle han dagen innan resan äta middag hemma hos Linnea. Det var sent och mörkt när han skulle hem och Linnea ville att han skulle ta en taxi men han ville "göra en nyttig promenad". Den kvällen blev jag uppringd av lasarettet i Lycksele. Pappa hade ramlat på trottoaren och blivit liggande tills någon snäll människa sett till att han blev hämtad av ambulans. Inget var brutet, men han hade ordentliga sår i ansiktet och på kroppen. Kanske hade han bara halkat eller också fått en "tia ", en liten hjärnblödning. Det blev ingen julresa för honom. Min syster åkte upp ett par dagar.

I februari åkte jag igen till Lycksele. Nu var min pappa förändrad. Han kunde inte riktigt skilja på dröm och verklighet. Han började genast tala om att vi måste hämta resväskan som enligt honom försvunnit när han hamnade på sjukhus. Jag försökte få honom att förklara vilken väska det handlade om och hur det var möjligt att han hade resväskan med sig när han besökte Linnea. Då skrattade han och höll med om att så kunde det ju inte ha varit, men nästa morgon började han på väskte-mat igen.

Ännu värre var det med hans kontor. Där brukade alltid ordningen vara perfekt, men nu hittade jag obetalda räkningar, kravbrev och krono-fogdeärenden i en enda röra. Vi hjälptes åt att ordna upp alltsammans. Jag talade med banken som lovade att ta hand om det ekonomiska och bedömde tillsammans med hemtjänsten att han i övrigt skulle kunna klara av att bo kvar hemma.

I juni ringde Monika och berättade att pappa var på lasarettet igen. Han hade under natten snavat på en matta, fallit handlöst och brutit lårbens-halsen. Han var opererad men medvetslös så hon åkte genast upp. Jag kunde komma nästa dag. Vi turades om att sitta hos honom och kunde ibland få lite kontakt. Efter några dagar insåg vi med stöd av läkaren att intensivvård inte längre var meningsfull. Vår andra syster befann sig i Latinamerika, och kom med snarast möjliga flyg. När hon anlänt och vi talade om för pappa att vi fanns hos honom alla tre var det som om han kunde släppa taget. Det dröjde ett par timmar innan han tog sitt sista andetag.

En strålande vacker försommardag var det begravning Vår son Johan sjöng för sin morfar och det var en fin ceremoni Vid defileringen la alla sina rosor. Linnea hade en underbar bukett ängsblommor och sa tyst när hon lade den på kistan, "de här har jag plockat på vår äng vid det gamla huset". Min stränga faster snörpte på munnen och sa "men vem är det där"?

Johan har lovat sjunga på sin mormors begravning sa min pappa, när vi talade om min mammas sjukdom. Det hade börjat redan när hon var i sextioårsåldern. Hon blev rastlös och orolig, initiativlös och irriterad, visste inte dag och tid, glömde vad hon nyss sagt och upprepade sig hela tiden. Så småningom klarade hon inte av hushållsarbetet utan brände vid maten, lämnade spis och andra apparater påslagna, slutade diska och tvätta.

Det ställdes en demensdiagnos, men det fanns då som nu ingen medicinering att tillgå. Med hjälp av hemtjänst kunde mina föräldrar klara sig i många år, men det blev till sist helt ohållbart. Mamma kunde när som helt på dygnet gå ut, irra bort sig och inte hitta hem.

Efter flera år av ökade problem fick min pappa lunginflammation och hamnade själv på sjukhus. Då ordnades det ett omsorgsboende till min mamma. Åren gick och försämringen blev påtaglig. Pappa fortsatte att besöka henne varje dag men nu kände hon inte längre igen honom och behövde hjälp med allt. Han började planera för begravning.

Med fyra egna döttrar var min pappa extra glad åt att få ett pojkbarnbarn. För Johan var morfar speciell. Han var en manlig förebild som kunde snickra och bygga, fiska och ro i strömt vatten.

Åttio mils avstånd till varandra gjorde att de inte kunde ses så ofta men sommar, jul och påsk gav viktiga möjligheter till umgänge.

Johan visade sig ha en fin sångröst och började i Adolf Fredriks musikskola. Så långt tyckte morfar det var roligt med all sångträning, men när vi berättade att älsklingsbarnbarnet skulle söka till Operahögskolan blev han förtvivlad. "Så Johan ska bli operasångare, leva i bohemiska kretsar och få aids" var hans slutsats. Allt detta var för länge sedan glömt och nu hade de båda kommit överens.

En tid efter det samtalet blev jag uppringd av Lycksele lasarett som meddelade att pappa ramlat inomhus, brutit lårbenshalsen och var opererad. Jag åkte direkt upp och fick se honom ligga medvetslös under total intensivvård. Hjärtat krånglade. Han var inte kontaktbar och efter en vecka somnade han in för gott.

Det blev en fin begravning och Johan sjöng vackert för sin morfar. Först ett år senare dog min mamma, men då blev det ingen solosång av barnbarnet.

Han var på bröllopsresa.

Det var den andra januari 1993. Telefonen ringde. Vår yngsta dotter Karin ville önska gott nytt år från andra sidan jordklotet. Hon var på sin jordenruntresa och vi hade bara haft sporadisk kontakt under hösten. Detta var innan mobiltelefonerna gjorde det enkelt att kommunicera över hela världen så, jag hade varit ordentligt orolig.

Min syster Eivor arbetade i Nicaragua så det enda som varit ordentligt planerat med Karins resa var att hon vid jul skulle sammanstråla med Eivors tre barn, min andra syster Monika och hennes dotter, samt ytterligare några svenska ungdomar som var hos Eivor på besök Hon beskrev nästan för positivt hur fantastiskt trevligt de hade haft. men till sist kröp det fram att de varit med om en bilolycka "Jag ville berätta om den innan min hysteriska moster Monika kommer hem och överdriver" sa hon. Alla ungdomarna hade varit vid kusten för att fira nyår, de hade åkt i en hyrd minibuss som kördes av kusin Erik, det hade regnat, de hade bråttom att hinna lämna tillbaka bilen i rätt tid. Erik gjorde en vårdslös omkörning de fick en sladd och bilen välte i en slänt, ingen blev skadad, bara lite småsår. Det var hennes berättelse. Jag blev omskakad men nöjde mig med hennes lugnande förklaringar.

Ett par timmar senare ringde Eivor och gav mig en något annorlunda version. Hon hade så fort hon hörde vad som hänt kört sin bil mot olycksplatsen och mötts av tjutande ambulanser. Väl framme förstod hon omfattningen av olyckan. Bilen låg långt nere i slänten och måste ha vält runt flera gånger. Över området låg allas tillhörigheter utspridda alla ungdomarna var i olika grader av chock. Vid vägkanten satt Karin med en av flickorna som fått ett djupt sår av kringflygande ölflaskor. Samtidigt kom närboende människor springande, inte för att hjälpa, men för att förse sig med kameror, skor, kläder och annat som flugit omkring. Det var naturligtvis provocerande för dem att se dessa bortskämda européer med sitt överflöd. Vi kunde konstatera att det var ett under att inte en hel generation kusiner gått förlorad. När samtalet tagit slut fick jag min första takykardi. Hjärtat bultade som om det ville hoppa ur läge. Det tog en stund för kroppen att reagera på det hjärnan förstått.

Numera händer det några gånger om året att jag vid stress reagerar likadant. För Karin dröjde det länge innan hon kunde slappna av i bil.

Vi satt alla tre runt bordet där vi samlat värdesakerna från dödsboet efter våra föräldrar. "Du som är äldst får välja först" sa min ena syster. Vi satt alla tre runt bordet där vi samlat värdesakerna från dödsboet efter våra föräldrar. Det var inte så mycket. Där låg några ringar, ett par örhängen ett smyckesur, några broscher och flera hängsmycken.

Jag visste direkt vad jag ville ha. I ett litet svart etui fanns en fingerborg i guld. Metallen var dekorerad ned ett slingrande mönster runtom. och ett monogram "MP" Själva toppen bestod av en röd, vacker sten med små prickformade gropar i ytan Jag minns hur jag som barn ibland fått öppna asken och beundra innehållet när jag var inne hos farmor. Fingerborgen var det vackraste jag visste. Jag satte den på olika fingrar och funderade över var den passade bäst och hur den skulle användas.

Min farmor hade redan när jag bara var några år fått ett slaganfall som gjorde henne förlamad i ena sidan av kroppen. Hon kunde prata och gick med stöd lite runt inomhus, men mest satt hon i sin gungstol. Farfar hade anställt en "piga" som tog hand om henne. Mina kusiner, mina systrar och jag tyckte det var alldeles naturligt att hon fanns där hela tiden. Om vi hade tråkigt någon gång kunde vi säga " vi går in och sjunger lite för farmor". Hon blev glad och vi fick smaka av hennes bröstkarameller.

Jag tyckte att farmor var jättesnäll.

Som vuxen har jag intervjuat min faster Tea och av henne fått en mera nyanserad bild. Farmor var som ung, i motsats till övriga kvinnor i byn, yrkesarbetande i närmsta stad. Hon var expedit i den fina matvaruaffären på Storgatan. Där hade hon bland kunderna fått ögonen på den stilige åtta år yngre hemmansägaren, Bror Samuel. Hon lade ut sina krokar och kunde snart flytta till Holmgårdarna. Där födde hon många barn varav flera dog som små. Yngst i barnaskaran var min pappa Halvar. Han och hans bror Gustav blev kvar på gården och bildade familj där. Faster Tea menade att svärmor var kraftfull, krävande, och dominerande. Hon var en sådan kvinna som "stod upp och kissade under den långa kjolen"

Efter infarkten blev hon personlighetsförändrad och "snäll". Jag minns när farmor blev medvetslös. Hon låg alldeles stilla i sin säng. Min pappa, som var mycket fäst vid sin mamma, var förtvivlad. Det var advent med vintermörker, snö och julstämning. Pappa kånkade den nya radiogrammofonen uppför trappan till farmor och jag hörde honom spela skivan med "stilla natt.".

Nästa morgon var farmor död.

Fingerborgen påminner mig om henne. Mina systrar var glada över mitt val. De kunde i stället få med sig något mera användbart. Jag var nöjd.

Det var konstigt självklart. " Den här duken ska Gertrud ha när hon tar studenten" sa mormor till min mamma. Min mormor dog när jag var två och ett havt år!

När jag var fjorton månader fick jag min första syster. Från den dagen var jag "stor och duktig".

Vad betyder egna och andras förväntningar för hur man utvecklas som person? Är det den röda tråden?

I den by där jag växte upp fanns det bara en pojke som gått i gymnasium. Mina föräldrar hade båda sexårig folkskola, men en obändig kunskapstörst. Särskilt för min pappa var det viktigt att blicka framåt och uppåt. Han skaffade brevkurser i ekonomi, byggnadslära och arkitektur och läste för sig själv. Var det därför det var så självklart att jag skulle studera? Jag minns inte att där var någon diskussion eller tvekan kring detta. Det var roligt att gå i skola, men jag minns inte att det fanns några krav. Allt var enkelt och självklart. Man fick betyg i den lilla boken varje termin, men ingen hade synpunkter på hur det gått. Att göra sitt bästa var det som gällde.

När det så småningom blev dags att välja gymnasielinje fanns ingen syokonsulent att fråga utan beslutet var helt mitt eget. Bäst att ta reallinjen som sas vara svårast.

Att så fort som möjligt utbilda sig, få ett yrke och bli självförsörjande var minmålbild. Jag hamnade på tandläkarhögskolan mera av en slump än som ett medvetet val. Det fanns en nästan alldeles ny högskola i Umeå som lockade och jag kom in. Fem års studier var inte avskräckande utan spännande.

På sextiotalet var det fortfarande inte så vanligt med kvinnliga studenter. Lite störande var det att under tentamina bli kallad "fröken" medan de manliga studenterna titulerades "kandidaten". Ibland kändes det som att flickor inte hade där att göra.

Under studieåren talade vi kurskamrater ofta om hur vår framtid skulle se ut. Många av oss hade växt upp med hemarbetande mammor och vi började inse att det kunde bli problem att kombinera familj med yrkesarbete. Alla ville vi ha barn och alla ville vi använda vår utbildning. Detta var före den utbyggda barnomsorgen. Nya utmaningar väntade. Inte förrän vårt första barn föddes insåg jag vilket oerhört ansvar vi åtagit oss. Barnet skulle ju finnas där hela tiden, dygnet runt!

Arbetet var roligt. Att ta emot patienter, möta olika slags människor, vara omtänksam och intresserad, Att göra nytta!

Efter sex månaders barnledighet gick jag tillbaka till arbetet. Jag ville absolut inte bli "hemmafru"! Vi tog hjälp av barnflickor, några bra, andra lite sämre och någon rena katastrofen

Härom kvällen ringde vårt tjugofyraåriga barnbarn och berättade att hon nu söker lägenhet med sin pojkvän. Hon är klar med sin civilingenjörsutbildning och har fått sitt första arbete.

Jag känner igen mig!

Vi hade diskuterat, förhandlat och planerat hela det gångna året. Nu satt vi alla sexton på planet mot London. "Mormor och morfar fyller sjuttio år så vi ska åka till Afrika" sa tre och ett halvt åriga Vanja till flygvärdinnan. Hon bjöd genast på champagne och stämningen var på topp.

Vårt flyg blev ordentligt försenat så på Heathrow var det stressigt. Vi hänvisades direkt till gaten och väl där blev det klart att flyget till Nairobi var överbokat. Eftersom vi var sena hade platser getts till standby-passagerare. Nio personer i vår grupp fick inte plats! Panik! Vad skulle vi göra? Svärsonen Gunnar visade handlingskraft och pekade med hela handen och sa "åk, det ordnar sig."

Resnatten blev minst sagt orolig, men lite slumrade vi väl trots all ängslan. I Nairobi möttes vi av charmerande personal från resebyrån. De var förtvivlade över våra problem, men förklarade att vårt program kunde omarbetas så att vi trots allt skulle få en fin upplevelse av Afrika. Första kvällen anlände två av våra strandsatta. De hade fått åka via Amsterdam. De övriga skulle anlända först ett dygn senare efter en tripp till Johannesburg! Väntetiden kunde vi använda till att besöka en giraffpark, ett elefantdagis och Karen Blixens fantastiska ranch.

På kvällen väntade vi spänt på långresenärerna och föreställde oss att de skulle vara helt utmattade. I stället kom de strålande av entusiasm och glädje. Deras bagage var visserligen försvunnet, men äntligen var alla på plats och vi kunde fira med en god middag.

Nästa dag gick färden med jeepar mot Masai Mara, ett stort naturreservat. Trettio mil på leriga gropiga vägar i tjugoåtta gradig värme var en utmaning, men vi kom fram till en fantastisk lodge. Här inkvarterades vi i olika byggnader runt en stor gemensam restaurang i en vacker trädgård. Ingen kom ihåg att det var julafton när vi åt kvällens exotiska måltid med underhållning av skickliga masaidansare.

I fyra dagar njöt vi av att under gryning och skymning göra långa turer med jeep för att se det fantastiska djurlivet, stora hjordar med hjortdjur, strutsar och giraffer och de" fem stora", lejon, leopard, elefant, buffel och noshörning

Jan och ett av barnbarnen drabbades av" Montezumas hämnd" och var helt utslagna ett par dagar. Det var ett så fruktansvärt illamående att Jan var beredd att kasta sig ut genom fönstret till krokodilerna, som simmade under vår balkong.

Trötta på naturupplevelser åkte vi tillbaka till Nairobi för vidare färd till Mombasa. Här fick vi en helt annan sorts semester. Vi bodde i olika hus runt flera pooler och restauranger. Stranden mot Indiska oceanen var underbar. Alla njöt vi av härliga bad. Vi snorklade och dök på revet utanför och bara trivdes att umgås med varandra.

Sofia, Elin, Adam, Arvid, Gustaf och Vanja i poolen i Mombasa.

På nyårsafton flyttades hela restaurangen ner till stranden. Den var av-stängd och hemlighetsfull. När det var dags för middag kunde vi uppi-från hotellet se de upplysta borden mot det svarta vattnet. Det var en otrolig syn. Där blev det sedan en nyårsfest att minnas med underbar mat, musik, dans och fyrverkeri.

Hemresan den tredje januari gick helt utan incidenter. I Stockholm var det full vinter och sex minusgrader

Det var också härligt!

Monika kommer, som vanligt, kraftigt försenad. Nu kunde jag inte hålla tillbaka min irritation.

"Hej jag tänkte precis gå".

"Varför då"?

"Det är fyrtio minuter sedan vi skulle ses så jag har väntat färdigt".

"Oj förlåt, men jag fick ett viktigt telefonsamtal som jag måste ta. Jag visste inte att klockan var så mycket"!

"Nej precis! Så är det jämt med dig. Jag känner mig förnedrad. Är din tid så mycket mera värdefull än min? Hur många timmar genom åren tror du att jag fått slösa bort med att vänta på dig? Det här är absolut sista gången. Hädanefter får du max tio minuter att spela med".

"Oj vad du tar i. Jag blir inte försenad med flit. Varför är du jämt så tidig"?

"Det kanske är en yrkesskada. Jag har satt en ära i att noggrant planera min tidbok så att jag kan ta emot så många patienter som möjligt utan att riskera att någon behöver vänta, att ständigt arbeta mot klockan".

"Så jobbigt det låter".

"Det kanske förklarar lite av min inställning till tid "Ska vi sluta bestämma våra möten, tycker du"?

"Nej vi har ju alltid så mycket att prata om så det vill jag inte. Jag lovar att jag ska försöka bättra mig. Nu har vi ju mobiltelefoner så det bör fungera lättare".

Min syster Monika och jag utvecklade tidigt helt olika personligheter, trots att vi var så nära i ålder. Hon var bara 14 månader yngre än jag. Jag blev den ordentliga som hjälpte till hemma, tog hand om mina saker och skötte skolan medan hon var liten och gnällig och krånglade med mat och sömn. Hon har som vuxen hävdat att hon inte haft någon mamma utan att hon blivit styvmoderligt behandlad och att bara pappa var den som brydde sig om henne. Hon talade ofta om att när hon blev tvungen att ta bort sina halsmandlar var det pappa som tog henne till doktorn. Mamma följde inte ens med. I mina ögon berodde allt detta på att det var pappa som kunde köra bil och hade lätt att ta ledigt medan mamma hade fullt upp hemma.

Minnet är en skälm!

Innan vi började skolan var vi hänvisade till varandra utan andra lekkamrater och det var fint.

Tonårstiden minns jag som förfärlig. Vi bråkade ständigt. Hur såg det ut i vårt gemensamma rum, vem hade tagit de nya hela strumporna, vem bredde ut sig och tog hela bordet, vems tur det var att hjälpa till med disken och vem tjatade till sig de dyraste kläderna.

Vi valde olika studieinriktning. Jag gick naturlinjen medan Monika valde humaniora. Hon skrädde inte orden när hon förklarade hur töntigt och trist det var med matte och liknande ämnen. Vi som läste den linjen var alla riktiga tråkmånsar. Så skönt för mig att flytta till nya studier och slippa otrivseln.

Monika och jag studerade sedan. Jag i Stockholm och hon i Uppsala och vi träffades egentligen bara till lov och helger. Vi presenterade pojkvänner för våra föräldrar och började leva vuxenliv. Fortfarande hade vi svårt att tolerera varandra. Jag upplevde ständigt hennes kritiska blick på alla mina val och tyckte helt enkelt att hon var elak Varför sa jag aldrig ifrån ordentligt?

Våra föräldrar tyckte det var tryggt och bra med mitt ordentliga tandläkarval men hur var det egentligen md Monika. Kunde hon klara sig? I familjens ögon hade vi fortfarande våra roller Jag kände alltid ett slags ansvar för henne. När hon skulle flytta till Stockholm fick hon använda vår lägenhet som bytesobjekt, vi hade byggt villa, och när hon behövde tandläkarhjälp kom hon till mig, men hon visade stor misstänksamhet mot mina behandlingar. I ekonomiska frågor fick hon goda råd av min man men umgänget skorrade.

Så småningom när vi båda bodde i Stockholm började vi träffas på tu man hand. Det utmynnade till slut i kontroversen om tid. Efter den blev relationen mellan mig och min syster helt förändrad. Vi behövde inte slåss längre utan kunde hitta- fram till varandra. och vi sågs nästan varje vecka.

Vi fick tjugo bra år tillsammans innan hon gick bort i cancer i januari 2011.

Ljuset i flygplanet var släckt. Jag vaknade av att jag mådde fruktansvärt illa. Jag väckte min man. Jag kräktes och måste ha svimmat för plötsligt låg jag i mellangången. Högtalaren ropade efter läkare. Nästa gång jag vaknade till låg jag längre fram i planet. Flera människor stod runt omkring mig och sökte kontakt. Jag svarade hjälpligt men allt snurrade. Jan berättade senare att det var en tysk läkare och en mauretansk professor som tog hand om mig. Så fort jag försökte resa mig svimmade jag igen. Mitt blodtryck var extremt lågt och man befarade att jag fått en stroke. Att sätta dropp var det enda som kunde göras ombord. Inför landning fick jag ligga på en förstaklassplats. När vi landat i Port Louis rullades jag in till flygplatsläkaren som tog prover och bestämde att jag kunde tas till det moderna sjukhuset i närheten Vi åkte taxi och jag fortsatte kräkas. Jan berättade att jag svimmade flera gånger under taxifärden.

På sjukhuset togs jag direkt till magnetröntgen. Läkarna konstaterade efter alla undersökningar att det inte var något problem med hjärnan. Jag borde i alla fall stanna över natten. Också Jan fick en säng och vi somnade båda. Nästa morgon var jag mig själv igen och vi kunde resa till vårt hotell och vila i det bekväma hotellrummet.

Vid första promenaden längs stranden mötte vi den unga svenska kvinna som fått flytta från sin plats i planet vid kalabaliken runt mig. Hon kände genast igen oss och uttryckte sin lättnad över att se mig igen.

Vi fick två fantastiska veckor på vackra Mauritius, tog långa promenader, hyrde cyklar för att se oss omkring i närmiljön, tog taxi till den fantastiska naturparken och njöt av underbara bad i indiska oceanen. När det var dags att åka hem igen var vi var nöjda, solbrända och utvilade.

Flygresan började bra, men när vi kommit in över Europa kom ett meddelande från kaptenen "Det ymniga snöfallet gör det omöjligt att landa på Arlanda. Vi undersöker möjligheten att gå till Oslo " Vi tittade förskräckta på varandra. Planen var att vi skulle komma hem under eftermiddagen.

Hela hösten hade jag stöttat min cancersjuka syster. Hon bodde ensam och behövde allt tänkbart stöd. Till sist hamnade hon på Stockholms sjukhem och jag besökte henne dagligen. Hon avled vid nyår och först då insåg jag att jag var helt utmattad. Resan skulle vara rehabilitering och vi skulle komma hem dagen innan begravningen. Katastrof! Skulle jag komma fram tid?

Vi landade i Oslo vid åttatiden på kvällen. Vi fick lämna planet och efter lång väntan meddelades att det var klartecken från Stockholm. Mitt i natten vid tvåtiden kom vi fram till Arlanda. I terminalen var det helt tomt och tyst. Inga tåg, inga bussar och inga taxibilar! Så småningom kom en enda buss men den fylldes genast av den befintliga kön. En plats fanns kvar och Jan sa "ta den du, det är viktigast".

Jag klev av bussen på Sankt Eriksgatan. Det var alldeles tyst och gatorna täcktes av ett tre decimeter tjockt snötäcke. Jag pulsade fram i mina tunna skor och kom hem bara en kort stund innan Jan dök upp. Han hade till slut fått tag i en taxi. Vi hann sova några timmar. Min systers begravning var sorglig, vemodig och vacker.

Det är den 9 juni 2012. "Du kan väl packa en liten övernattnings-väska" säger Jan på förmiddagen. Det är vår bröllopsdag och Jan brukar bjuda på middag hemma eller på restaurang den dagen. I år har det visserligen gått femtio år och man brukar tala om guldbröllop, men vi har haft ett turbulent år och jag utgår ifrån att vi ligger lågt med ambitionerna. Att han vill bo på hotell gör mig inte förvånad. Det är det bästa han vet.

Vi har flyttat till vår nya lägenhet i november året innan och jobbat intensivt för att komma i ordning till julen. Efter den sedvanliga familjeträffen med trettitalet gäster hos oss på annandagen, sitter vi på kvällen och slappnar av med ett glas vin framför teven, när Jan får fruktansvärda smärtor i magen. Det pågår hela natten och på morgonen åker vi till SÖS. Efter provtagningar och röntgen får vi veta att det finns en tumör i tjocktarmen och att det blir operation så snart som möjligt Overkligt! Jag får åka ensam hem

Operationen genomförs och det går bra, men det finns metastaser i lungan så man sätter in cytostatika som Jan kämpar med hela våren Han är otroligt tålmodig och försöker hålla orken uppe med promenader och tom lite gymträning, men ingenting är som vanligt.

Nu sitter vi i alla fall i en taxi och Jan säger "till Sheraton". Vi skrattar båda för det är en gammal ide att någon gång alldeles i onödan bo på hotell i Stockholm Vi får ett fint rum med utsikt över Gamla Stan. Efter en eftermiddagsfika, vila och ombyte åker vi taxi igen. Denna gång säger. Jan att han tycker det kan vara roligt att åka till Ulriksdals värdshus. Det är så länge sedan vi var där. "Visst" säger jag, Försommarkvällen är fantastisk, varm och vacker!

Entrén är på baksidan och där i dörren står Bengt, Jans gamla kompis från Handels. Vilken slump! Är Eva och han också här? Jag fattar ingenting! Där inne är det alldeles fullt med folk. Lilla tvååriga Alma är inte med men alla de åtta andra barnbarnen med sina föräldrar. Alla våra äldsta vänner, som vi kände redan under ungdomsåren. står där och tar emot oss! Hur har alla kunnat hemlighålla detta för mig? Det blir kramkalas, tårar och skratt! Vi äter en god middag och Bengt är en utmärkt toastmaster.

Jan håller tal och berättar om hur vi först träffades som artonåringar när han var på besök hos sin moster. Av en slump tittar jag in till min klasskamrat, hans kusin. "Henne ska jag gifta mig med" påstår han sig ha tänkt när jag dök upp Vi umgås en vecka och brevväxlar sedan intensivt. Efter många olika turer blir vi först några år senare ett par. Jan fortsätter att berätta om bruksortens Folkets Park där han av alla musikalerna påverkats att se tillvaron i ett romantiskt skimmer. Då avbryts han av vår son Johan som menar att det kan vara nog med prat. I stället gör han tillsammans med sin sångarkompis Nette och en pianist ett potpurri på populära nummer ur operetternas värld. Middagen fortsätter med tal av våra två döttrar och av andra gäster. När klockan närmar sig nio samlas vi alla utomhus för att se flaggan halas.

Kvällen avslutas med kaffe och bröllopstårta och allmänt mingel. När alla gästerna gått samlar vi ihop presenterna och åker till vårt hotell. I den sena kvällen blir det svårt att somna men dagen har varit oförglömlig.

Jag hör ljusa barnröster. Genom fönstret i mitt arbetsrum ser jag ner på Mandelparken. Den är en stor rund gräsmatta kantad av vackra päronträd som blommar fantastiskt på försommaren. Namnet på parken härstammar från förra sekelskiftet när det här fanns en hamn för inskeppning av mandel och kryddor.

Nu pågår andra aktiviteter. En lågstadieklass har gymnastiklektion. Barnen är uppdelade i fyra grupper och springer mot varandra i en slags stafett. Där är skratt och glada rop.

Parken gränsar mot Hammarbykanalen. Kajen är stensatt till ett härligt promenadstråk. Just nu får ett tiotal spänstiga joggare sin dagliga motion tillsammans med en och annan hundägare eller lugnt släntrande pensionär.

En ensam segelbåt stävar mot Danviksbron och lägger sig att vänta på brööppning. Bakom den kommer "Emili", passagerarbåten, som kan ta oss ända in till Nybrokajen. I dag när vädret är vackert är det fullt på övre däck. På andra sidan bron kan jag varje morgon och kväll se de stora kryssningsfartygen på väg in eller ut till stadshuskajen, från eller till Finland. Allra längst bort i bakgrunden skymtar lummigheten runt Valdemarsudde.

Tvärs över kanalen ligger Danviksklippan med sina nio särartade punkthus byggda på fyrtitalet av arkitekterna Backström och Reinius. Husen har ibland kallats "pennorna" på grund av de toppiga taken. Härifrån måste utsikten vara förledande, men backen upp dit är brant.

Till vänster bakom de vita grannhusen ser jag "Fåfängan". Det är en fantastisk utsiktsplats med karaktäristisk inramning av tuktade lindar. Ordet fåfänga användes tidigare för obrukbar mark där det var fåfängt

100

att odla. I dag finns där en restaurang ett café och ett lusthus. Här är öppet varje dag hela sommaren och ibland vid andra evenemang. Man kan se när "fåfängan" är öppen. Då är alltid flaggorna hissade. Redan på sjuttonhundratalet fanns här ett lusthus med servering. Det ser nästan ut som om fåfängans fyrkant var placerad på taket till det halvcirkelformade huset mitt emot mitt fönster Det huset har vackra blå markiser på sina balkonger och ser inbjudande ut. Konstigt nog ser jag inga människor röra sig där. Rakt till vänster finns två kvadratiska sjuvåningshus, det ena svagt gult och det andra orangefärgat. Båda vänder sig rakt mot kanalen och gör halvcirkeln mot vattnet komplett.

Himlen är fortfarande blå och speglar sig i vattnet, men plötsligt är det alldeles tomt och tyst. En ensam övergiven trehjuling står mitt på gräsmattan-Nu ser jag plötsligt att på ena bropelaren löper orangefärgade neonbokstäver som talar om villkoren för broöppning. Över Danviksbron rusar bilarna fram och tillbaka.

101

Det är fint med vatten. Vi har bott här i sju år, men jag tröttnar aldrig på utsikten.

När vi flyttade in talade min man om för flyttgrabbarna vilket rum som var mitt – det med den fina utsikten. Deras lakoniska svar var "det behöver du inte tala om för oss vi är också gifta!"

På TV ser jag den unga familjen. Det år pappa, mamma och två små barn som kommit från Afghanistan till Sverige för et år sedan. Nu bor de på ett asylboende och börjar anpassa sig så smått. Barnen går i förskola och de vuxna försöker lära sig svenska." Hemma" för dem är fortfarande hemlandet, men de tror inte på möjligheten att återvända.

Så länge jag gick i skola var "hemma" för mig hos mina föräldrar. Från tolv års ålder bodde jag inackorderad i närmsta stad under terminerna, men så fort det fanns möjlighet åkte jag "hem" Det var där jag fick umgås med mina syskon, äta mammas mat och få hjälp med tvätten.

Under högskoleåren bodde jag jättebra i ett höghus för studenter där jag hade eget rum med tvättrum, tillgång till gemensamt kök, sällskaps-rum och tvättstuga, men det var inte "hemma"

Först när Jan och jag lyckades skaffa en enrumslägenhet i Upplands Väsby och började inreda den kände jag att jag kommit hem. Vi satt med den nyutkomna IKEA-katalogen från Älmhult och valde ut en köksmöbel, var sin säng, två fåtöljer, ett skrivbord och ett soffbord. Allt levererades till dörren och vi kunde möblera, Vi hade arbete och må-natlig inkomst och kände oss rika. Vi kunde få ett bosättningslån så vi hade möjlighet att skaffa det nödvändigaste. Plötsligt var vi vuxna! I dag skulle man säga att vi hade tagit massor av vuxenpoäng.

Till vårt hem kunde vi bjuda in vänner, föräldrar och syskon, vi kunde låsa vår egen dörr och själva bestämma vad vi ville göra. Det var en obeskrivlig frihetskänsla men samtidigt en stor omställning. Att bo så tätt ihop med en annan människa var en utmaning.

Genom åren har vi flyttat många gånger och bott i de mest skilda miljöer, men vi har aldrig bott utomlands. Jag är inte så äventyrlig av mig utan är glad att få leva i ett samhälle som är relativt tryggt och välordnat.

Jag tycker om att leva i den miljö vi skapat med mitt gamla piano, med möbler av olika slag, med alla böcker och med alla små ting vi samlat på oss genom åren Viktigast är ändå att här finns samma människa som jag delat nästan hela livet med.

Det är svårt, för att inte säga omöjligt att föreställa sig situationen för alla hemlösa flyktingar som lever i ovisshet om sin framtid. Den lilla afghanska familjen får plötsligt veta att de inte ens får stanna på sitt boende utan nu plötsligt måste flytta till en helt annan del av landet. Igen ska de förlora den bräckliga trygghet de börjat känna. Kommer de någonsin att kunna tala om sitt "hemma".

telefonsamtal med mitt sjuåriga barnbarn säger jag "nu börjar snart skolan"!

"Ja och sedan måste man gå upp tidigt varje dag. Man går jättelänge i skolan, typ tolv år".

"Du tycker ju om skolan."

" Ja men sen måste man börja arbeta, aldrig får man vara ledig. Pensionär skulle man nog vara"! Redan som barn funderar man över vad som egentligen är meningen med livet. Att vara fri och att själv få bestämma över sin dag är drömmen för många. Mitt barnbarn tycker att jag verkar ha det idealiskt.

Jag har svårt att se att livet i sig har någon mening. Jag har ingen tro eller livsåskådning som leder mig. Däremot har jag för det mesta upplevt att mina dagar varit meningsfulla och jag har försökt att leva livet med värdighet. Jag är tacksam för det liv jag fick, för den man jag fått leva med, för min stora familj och. för all vänskap jag mött.

Det är inte så att jag varje morgon funderar över hur dagen ska bli optimal. De aktiviteter jag ägnar mig åt är ibland planerade, men oftast tillkomna av en slump. I efterhand kan jag se att dagarna sammantaget oftast gett mig glädje och tillfredsställelse. Nu kan jag säga att det för mig snabbt flyende livet varit ganska meningsfullt ändå.

Jag mår bra av att kunna ta långa promenader, att gå på ett trevligt gympapass, att ta en fika efteråt. Sedan snart femtio år tillbaka har Jan och jag med gamla vänner abonnemang på konserthuset. Det ger oss en gång i månaden en koncentrerad kväll med god middag och njutbar musik av skickliga musiker.

Tillsammans med föreningen Seniortandläkarna får jag uppleva visningar på våra museer, trevliga utflykter och goda måltider. I bokcirkeln väljer vi gemensamt vilka böcker vi ska läsa. och diskuterar sedan hur vi tagit till oss innehållet. I en annan grupp talar vi italienska över eftermiddagsfikat. I bostadsrättsföreningen där vi bor visas varje månad en trevlig film. Ganska ofta får jag anledning att se ett av barnbarnen spela spännande badmintonmatcher, jag får lyssna till uppträdanden av gosskören eller se en musikal.

Alla dessa aktiviteter gör min tillvaro meningsfull. Jag får stimulans och kraft att glädjas över livet. Ibland räcker det att njuta av ett kulturprogram på TV eller att plantera lite nya växter på balkongen för att jag ska känna mig nöjd. Att ligga på bryggan på landet efter morgonbadet och lyssna till vågskvalpet och måsarnas skrik tillhör höjdpunkterna.

Det är svårt att bli gammal och inse att livet gick så fort, men meningsfullt var det ändå för det mesta.